INTERNATIONAL GUY

#8 BERLIN

Première publication Montlake Romance, Seattle

www.apub.com

Collection créée par Hugues de Saint Vincent
Ouvrage dirigé par Bénita Rolland
Traduit par Robyn Stella Bligh
Photo de couverture © GettyImages
Couverture : Raphaëlle Faguer

34-36, rue La Pérouse
75116 - Paris
www.hugoetcie.fr

ISBN : 9782755639117
Dépôt légal : janvier 2019
Imprimé en France par Corlet
N° d'imprimeur : 194068

NEW ROMANCE®

AUDREY
CARLAN

INTERNATIONAL GUY

#8 BERLIN

Roman

Traduit de l'américain
par Robyn Stella Bligh

Hugo Roman

À l'équipe des éditions Ullstein,
« Berlin » est pour vous.

Merci d'avoir partagé votre beau pays avec moi.
Des châteaux, des salles remplies de milliers
de coquillages, la savoureuse bière allemande
et le mur de Berlin...

Je n'oublierai jamais les moments
que j'ai passés avec vous.

CHAPITRE 1

Wendy et Michael habitent à une trentaine de minutes de Boston, dans une résidence hautement sécurisée. Je meurs d'envie de voir leur maison. Je l'imagine pleine de slings[1] suspendus aux poutres tels des chandeliers, et de cravaches éparpillées ici ou là en cas d'envie subite. Étant donné l'importance que Michael semblait accorder au collier de Wendy, je me demande s'il ne la traite pas comme une esclave sexuelle.

Mon Dieu, et s'il l'oblige à se promener nue dans la maison ?

Des gouttes de sueur perlent sur ma lèvre et je défais le premier bouton de ma chemise. Non, il ne la laisserait pas nue devant ses collègues. Il est très possessif, et Bo sera là, qu'il ne porte pas dans son cœur.

Cependant, j'ai beau être intrigué, je suis tout aussi nerveux. Ça fait une éternité que je n'ai pas vu Wendy

---

1. Dispositif de suspension utilisé dans les relations BDSM. (NdT, ainsi que pour les notes suivantes)

et je ne sais pas comment réagir. D'un côté, j'ai envie de me jeter à ses pieds et de la supplier de revenir, de lui expliquer que si Annie est sympa et efficace, elle n'est pas aussi douée ni agréable qu'elle. Et puis, elle a toujours l'air mal à l'aise et ça m'agace.

J'essuie mon front avec un mouchoir et je le remets dans ma poche en regardant par la fenêtre.

– Oh, Sky, à propos de ce que tu as demandé... commence Nate en nous regardant dans le rétroviseur central... Euh... c'est prêt pour ce soir.

– C'est vrai ? Trop cool ! s'exclame Skyler.

Elle croise les jambes et la fente de sa longue robe s'ouvre, révélant ses cuisses. Je pose ma main sur son genou, parce que j'ai besoin de la toucher et de me rassurer, mais aussi pour attirer son attention.

– Qu'est-ce que tu manigances ?

Elle se mord la lèvre et pose sa main sur la mienne alors que ses yeux pétillent de joie. Elle est vraiment sublime, comme un rayon de soleil, elle me réchauffe d'un seul regard.

– Tu le sauras plus tard ! glousse-t-elle.

– Tu me caches quelque chose, ma pêche ?

– Ouaip. J'espère que ça va te plaire, même si c'est surtout pour moi. Mais c'est quand même pour toi... tu sais ?

Elle fronce les sourcils, comme si elle doutait de sa surprise. Mais peut-être n'est-elle simplement pas douée pour mentir ?

Je porte sa main à ma bouche pour l'embrasser.

– Et si tu me le disais ? Comme ça, tu sauras si ça me plaît.

– Non, hors de question. Ça fait des semaines que je prépare ça, et c'est enfin prêt. Je n'arrive pas à savoir si je suis excitée ou nerveuse. Promets-moi simplement qu'aujourd'hui, quand je te le montrerai, tu auras l'esprit ouvert, d'accord ?

– Tout ce que tu voudras, je dis en plongeant mon regard dans le sien, la faisant rougir.

– Waouh ! Il y a riche, et super-riche ! s'exclame Rachel alors que nous nous arrêtons devant un haut portail noir gardé par un vigile.

– Je peux vous aider ? demande-t-il en effleurant le pistolet qui est fixé sur sa hanche.

– Oui, nous sommes là pour voir Michael Pritchard. Rachel et Nathan Van Dyken, Skyler Paige et Parker Ellis, répond Nate.

Le garde consulte son bloc-notes.

– Il ne devait pas y avoir un Bogart Montgomery et un Royce Sterling avec vous ?

– Ils viennent séparément.

– Très bien, alors, allez-y. À l'intersection, prenez la route à gauche. À l'intersection suivante, encore à gauche. La propriété Pritchard est à gauche, au bout du chemin.

Nate salue le vigile et le portail s'ouvre. En avançant lentement sur la route, nous découvrons des hectares et des hectares de collines vertes, de pins géants, un grand lac et d'immenses manoirs et villas éparpillés ici et là.

– Waouh, je ne savais pas qu'ils habitaient ici, je dis en écarquillant les yeux.

– Que fait Michael, déjà ? demande Skyler.

– Wendy m'avait dit lors de son entretien qu'il travaillait dans la pub, mais je n'ai jamais eu plus de détails, et elle racontait n'importe quoi pour avoir le poste, donc je n'en sais rien.

Ces maisons doivent valoir au moins vingt ou trente millions de dollars, étant donné que l'endroit est hyperprotégé et qu'on n'est qu'à trente minutes du centre de Boston.

Au bout d'une petite dizaine de minutes, nous nous arrêtons devant une villa gigantesque, qui me semble plus adaptée à Jay-Z et Beyoncé qu'à ma petite assistante au look punk-rock.

– C'est bizarre... chuchote Skyler en descendant de la voiture.

Nous regardons tous les quatre autour de nous. J'aperçois tout juste le toit des autres maisons, au loin.

– Je ne savais pas qu'un tel endroit existait, je dis.

– Moi non plus, répond Skyler. Je me demande s'il y a quelque chose à vendre.

Mon cœur bat la chamade. Est-ce qu'elle envisagerait sérieusement de déménager à Boston pour se rapprocher de moi ? On a tous les deux laissé sous-entendre qu'on voulait passer plus de temps ensemble ; pour ma part, je ne suis pas prêt à être de nouveau loin d'elle après notre séparation du mois dernier.

Je couvre mes yeux pour me cacher du soleil. Je ne pourrais jamais acheter une maison ici... Skyler, si. Son compte en banque le verrait à peine. Mais, dans ce cas, qu'est-ce que j'aurais à lui offrir, moi ?

La porte d'entrée s'ouvre, et nous tombons sur Michael qui escorte Wendy le long de l'allée en gravier jusqu'à nous. Ses cheveux sont flamboyants dans le soleil.

Je souris et vais aussitôt jusqu'à elle pour la prendre dans mes bras.

– Ma petite souris... je chuchote en respirant son parfum de noix de coco. Tu m'as manqué, ma belle.

Je regarde Michael, qui prend Skyler dans ses bras et serre la main de Nate puis de Rachel.

Je recule tandis que Wendy essuie ses larmes.

– Comment tu te sens ? T'as l'air super en forme, je mens, notant les cernes sous ses yeux et sa peau pâle.

– Mieux, beaucoup mieux, maintenant que vous êtes là. Je suis tellement contente que vous soyez venus, dit-elle d'une voix tremblante. Mais où sont Bo et Royce ?

– On est venus séparé...

Je commence à répondre lorsque j'aperçois une Porsche 911 argentée se rapprocher à toute vitesse. Elle s'arrête brusquement, juste derrière le 4x4 noir de Nate.

– Mais non... il l'a fait ! je m'exclame alors que Royce sort et tapote le toit de son bolide.

– Tu aimes ma nouvelle femme ?

– Enfoiré, je ne peux pas croire que tu l'aies achetée, je réponds en lui serrant la main. Tu rechignais à le faire depuis plus d'un an... qu'est-ce qui t'a enfin décidé ?

Il hausse les épaules et fait le tour de la voiture jusqu'au côté passager, où Bo est encore assis.

– Il était temps. Je ne veux plus attendre que les choses se passent toutes seules. Si je veux quelque chose, j'irai le chercher moi-même, dit-il en lissant sa chemise.

Il a la classe, en costume. Apparemment, il a fait le même choix vestimentaire que moi.

– Elle est canon ! s'exclame Wendy.

Elle lui tape dans la main puis elle grimace, et je la serre contre moi en tapotant son épaule.

– Ça va ?

– Mais oui, très bien, râle-t-elle. Bo, sors de la voiture.

Bo ferme les yeux, et la portière s'ouvre. Sa botte de motard touche le sol en faisant craquer le gravier. J'aperçois sa cheville nue sous la portière, et je me souviens soudain de ce que je suis sur le point de voir.

– Allez, gros bébé ! Un pari est un pari ! je crie pour le mettre encore plus mal à l'aise.

– Qu'est-ce qui se passe ? demande Michael.

Il tend la main à Wendy et elle la prend pour se blottir contre lui.

– Boogie a perdu un pari contre Rachel. Allez, Bo, sois un homme ! je m'exclame alors qu'il finit d'ouvrir la portière et sort enfin.

Nous sommes sept à dévisager Bo, et personne ne dit rien. Il est vêtu de ses énormes bottes de moto, de son blouson en cuir habituel et d'un T-shirt blanc, comme tous les jours. Ce qui nous laisse bouche bée, c'est le kilt vert et noir qui lui arrive juste au-dessus du genou. Il y a une petite ligne jaune sur le côté, et une ceinture dont pend une sorte de bourse blanche et poilue.

Bo croise ses bras puissants et prend la pose d'un biker écossais, prêt à enfourcher son engin pour traverser les collines soufflées par le vent.

– Quoi ? grogne-t-il.

Nous craquons tous en même temps, Wendy glousse contre Michael, Royce rit de sa voix grave derrière sa main, Skyler pousse un petit cri aigu et pleure de rire, et ainsi de suite. Aucun de nous ne résiste.

La petite Rachel, vêtue d'un pantalon en cuir noir, d'un débardeur assorti et de son blouson noir, avance vers Bo et tourne autour de lui, un bras croisé, une main sur le menton, inspectant le kilt.

– Eh bien, mon ami, je crois que tu as respecté les termes de notre pari. Nous sommes quittes, déclare-t-elle en lui tapant dans le dos.

Il sourit jusqu'aux oreilles et tourne sur lui-même, plein de confiance.

– Tu sais, ce n'est pas le meilleur...

Rachel s'arrête devant son mari, qui pose une main sur son épaule.

– Ah non ? Et c'est quoi ?

Bo nous tourne brusquement le dos, se penche en avant et soulève le kilt pour nous montrer ses fesses blanches.

– Ce qu'il y a dessous, mes poules ! s'écrie-t-il en hurlant de rire.

Skyler craque pour de bon, courant jusqu'à lui pour lui mettre une énorme fessée, et elle agite ensuite sa main, révélant combien elle l'a frappé fort. Bo pousse un cri de douleur et elle se cache derrière moi, morte de rire. Michael marche lentement vers elle et lui tend la main pour qu'elle la tope.

– Bien joué. J'étais trop occupé à couvrir les yeux de ma femme pour prendre les devants, dit-il en riant.

– Bon sang, Sky, râle Bo en se frottant la fesse, t'as de la force.

– J'ai pris des cours de boxe pour un film, une fois, et je dois admettre que je me suis découvert un certain talent, répond-elle.

– Eh ben, Park, tu devrais faire attention. Ta nana a un sacré coup de main.

– Tu crois que je ne le sais pas ? je réponds en lui faisant un clin d'œil.

– Mec, tu ne me dis jamais rien, tu sais pourtant que j'aime les détails ! râle Bo en haussant les sourcils.

Je lève les yeux au ciel et me tourne vers Michael et Wendy.

– Merci de nous avoir invités. J'avais hâte de savoir comment vous allez.

Wendy hoche la tête et avance vers Royce pour le prendre dans ses bras. Il la dévisage longuement.

– Tu as l'air fatiguée, ma belle.

– Ouais ben, je pensais que je dormirais mieux, répond-elle simplement.

Je lâche Skyler pour aller voir Michael.

– De quoi elle parle ?

– De ses cauchemars. Mais elle m'a fait promettre de ne pas en parler. Elle veut s'amuser, et j'aime la voir sourire. Disons simplement que je suis content que vous soyez à Boston quelque temps. Elle a besoin de soutien.

Je hoche la tête alors que Wendy prend Bo dans ses bras. Il la serre contre lui, lentement, comme si elle était en sucre.

– Ma fée clochette... ça va ? demande-t-il.

Elle hoche la tête et sourit, mais son regard reste vide.

– Allez, tout le monde, venez. Mick nous a préparé à manger.

Wendy retrouve Michael, qui la soutient pour monter les marches jusqu'à la porte.

Si seulement elle n'avait pas besoin qu'il l'aide...

En entrant, je suis surpris de découvrir la décoration de la maison. Je m'attendais à ce que Wendy habite dans une maison avec des étagères pleines de vieux vinyles et des affiches de films sur les murs. Je l'avais même imaginée dans un vieux loft transformé en appartement design, mais pas dans le manoir d'un homme politique. Cette baraque est vraiment ancienne. On dirait plus un musée qu'une maison.

– Waouh, dit Skyler en levant la tête vers l'escalier immense et les tableaux accrochés aux murs. Cette maison est... euh... immense.

– Ouais, répond Wendy en riant. J'ai vécu ici pendant un an avant d'avoir fait le tour de toutes les pièces. D'ailleurs, le deuxième jour, j'ai dû appeler Michael sur son téléphone parce que je m'étais perdue.

Parmi les cadres accrochés aux murs, je reconnais un Picasso et un Monet. En fait, chaque tableau doit valoir des centaines de milliers de dollars, si ce n'est des millions.

– Tu as un sacré coup d'œil en matière d'art, je remarque en admirant un Monet que je n'ai jamais vu ailleurs.

– Mon grand-père et son grand-père à lui étaient collectionneurs d'art. J'ai grandi dans cette maison quand ils l'ont léguée à mes parents. Ils sont tous les deux décédés et j'en ai hérité à mon tour. Un jour, je la céderai à mes enfants...

Il ne termine pas sa phrase, comme si les mots étaient trop lourds et durs à dire.

Je pose ma main sur son épaule et la serre, mais ma gorge se noue.

Sans cette tarée, à Montréal, il attendrait déjà son premier enfant. Une colère noire bout soudain dans mes veines et je ferme les poings pour la réprimer. Cette colère et cette souffrance ne sont pas les miennes. Ce n'est pas moi qui suis en deuil, même si j'en ai le cœur brisé.

– Je suis navré, je chuchote assez fort pour qu'il soit le seul à entendre.

Il me surprend en serrant ma main.

– Merci. On gère.

Je hoche la tête lorsque Sky vient vers moi.

– Tout va bien ? demande-t-elle.

– Ouais, on parlait d'art.

– Parker adore les musées. J'ai hâte de visiter le reste de la maison, répond-elle.

Wendy nous rejoint d'un pas léger qu'elle n'avait pas lorsque nous sommes arrivés, comme si notre présence lui faisait déjà du bien.

– Ça prendrait toute la journée. On vous montrera les trucs les plus cool, mais Mick m'a promis que j'avais droit à un verre de vin blanc, maintenant que j'ai presque arrêté les médocs. Et j'ai été très sage, n'est-ce pas, bébé ? demande-t-elle à son fiancé d'un ton lourd de sous-entendus.

– Oui, ma chérie. Je t'ai promis un verre de vin avec tes amis, et j'honore toujours mes promesses. Est-ce que tout le monde est près pour un apéritif et des amuses-bouche dans le petit salon ?

– Vous avez un petit salon ? s'étonne Skyler.

Wendy sourit et prend le bras de Mick pour ouvrir la voie.

– Cet endroit est dingue, chuchote Skyler dans mon oreille.

– C'est clair.

Je regarde Bo et Royce derrière moi, qui ont la tête levée vers le plafond haut de sept mètres et le chandelier suspendu au-dessus de nos têtes. Je ne vois de sling ni de cravache nulle part, et à en juger par la décoration de l'entrée, je commence à croire que je me suis trompé. Toutefois, j'aime penser que, quelque part, dans le grenier ou dans la cave, il y a une pièce noire genre *Cinquante nuances de Grey*.

Rachel et Nate décident de partir, maintenant qu'ils ont vérifié la sécurité de la propriété, et ils prennent congé.

Lorsque nous arrivons dans le petit salon, un barman se charge de nous servir. Il se tient derrière un véritable bar en acajou, qui fait l'angle de la pièce et derrière lequel des bouteilles de toutes les couleurs sont alignées sur des étagères en verre.

– Que puis-je vous servir ? Nous avons un vin rouge et un vin blanc, choisis par Monsieur Pritchard, et tout ce que vous pouvez trouver dans un bar normal.

Royce commande un whisky, Sky et Wendy des verres de vin blanc, Michael du vin rouge, et Bo et moi demandons un Gin Tonic.

Lorsque nous sommes tous servis, nous suivons Wendy et Michael à travers une multitude de pièces immenses : une salle de billard, une bibliothèque, un bureau, une salle de bains et une cuisine gigantesque où s'affairent une dizaine d'employés. Nous passons dans la salle à manger et arrivons dans un salon qui donne sur une véranda et un jardin magnifique. La table est mise dans la véranda où des petits-fours sont déjà servis.

– Je vous en prie, asseyez-vous. Je vous ai fait préparer des spanakopita[2], des quiches, des feuilletés aux œufs et des champignons farcis en attendant que le brunch soit prêt, dit Michael avant de repartir en direction de la cuisine.

Je m'assois, Skyler prend place à ma droite et Wendy à ma gauche. Royce et Bo s'installent en face de nous, laissant Michael en tête de table. Deux couverts ont été mis pour Rachel et Nate, mais nous n'étions pas sûrs qu'ils soient invités.

– Mince, je me sens coupable d'avoir dit à Rachel et Nate de partir, chuchote Sky.

– Ils aiment avoir du temps pour eux, je la rassure en l'embrassant sur la joue. Ils sont avec toi vingt-quatre heures sur vingt-quatre et sept jours sur sept. Ils peuvent aller au cinéma, manger en tête à tête… le genre de trucs que font les couples mariés, tu sais ?

– Ouais, je suppose que tu as raison.

– Bien sûr, fais-moi confiance, j'insiste en caressant son épaule pour la détendre.

---

2. Feuilletés aux épinards et à la feta.

– Ok, répond-elle avant d'étudier les plats pour choisir un petit-four.

Son regard s'illumine soudain, je suppose que c'est parce qu'elle a fait son choix, Skyler adore manger.

– Oh, Wendy ! J'ai quelque chose pour toi.

Elle pose sa quiche et s'essuie les mains sur sa serviette avant de fouiller dans son sac à main. Elle en sort un cadeau emballé dans du papier-tissu rose et jaune et me le donne pour que je le passe à Wendy.

Wendy cligne plusieurs fois des yeux en regardant le paquet.

– En quel honneur ?

– Quand Parker et moi sommes partis de Londres, on s'est arrêtés à Paris pour voir Sophie. On s'est baladés dans le quartier Saint-Germain, et on t'a acheté quelque chose pour que tu saches qu'on pensait à toi.

Wendy lève les yeux vers moi, puis vers Skyler.

– Euh, je ne sais pas quoi dire, répond-elle d'une voix rauque.

– Ben, ne dis rien, patate. C'est juste un petit souvenir. Ouvre-le !

Wendy déchire le papier et caresse le foulard en soie jaune, noir et blanc. Elle renifle et s'essuie le nez sur sa serviette.

– Eh... je chuchote en posant ma main sur son épaule.

– Il est magnifique... euh... je... je ne sais pas comment vous remercier. Je l'adore.

Elle tient l'écharpe contre sa poitrine, émue aux larmes, comme si c'était le plus beau cadeau de sa vie.

Je caresse son menton avec mon pouce et me baisse pour la regarder dans les yeux.

– Qu'est-ce qui se passe, ma chipie ?

Elle hausse la tête et grimace, car sa blessure lui fait mal.

– Ne fais pas ça si ça te fait mal. Dis-nous ce qui ne va pas.

Elle secoue la tête alors que Michael arrive derrière elle et l'embrasse sur le front.

– Chérie, c'est normal qu'une femme offre un cadeau à son amie, chuchote-t-il contre sa joue. Tu as juste à dire merci, explique-t-il.

– Mais je n'ai jamais eu d'amies qui m'offraient des cadeaux. Je n'ai jamais eu d'amie fille, ajoute-t-elle en laissant ses larmes couler et en regardant le foulard. C'est la plus belle écharpe que j'aie jamais eue. Je la mettrai tout le temps. Merci, Skyler et Parker.

– Oh, non, je n'y suis pour… je commence à dire alors que Sky pince ma cuisse et me fusille du regard lorsque je tourne la tête vers elle.

– Il n'y a pas de quoi, Wen. Tu nous manquais et on voulait que tu saches qu'on pensait à toi.

– Alors, il est où mon cadeau, à moi ? marmonne Bo.

Royce le bouscule tellement fort qu'il manque tomber de sa chaise.

Wendy éclate de rire et Skyler lève les yeux au ciel avant de prendre son verre de vin.

– Je suis contente qu'on soit rentrés et que tu ailles mieux. Je sais que les mecs ont hâte que tu reprennes le travail.

– Ça, c'est une bonne raison de trinquer, grommelle Royce.

– Absolument ! acquiesce Bo. Au retour de notre fée Clochette ! La blonde qui te remplace est glaciale et elle ne sourit même pas à mes blagues. Et puis, elle s'habille comme une sainte-nitouche. Il n'y a rien à regarder.

Je penche la tête en arrière et pousse un grognement en entendant le commentaire affreux de mon collègue.

– Ne l'écoute pas, chipie, je dis en fusillant Bo du regard.

– T'en fais pas, je ne l'écoute jamais. Mais j'ai cru entendre que je vous manquais, c'est vrai ? Je sais qu'Annie fait du bon travail. J'appelle tous les jours...

– Trois fois par jour, meuf. Tu n'as pas à t'inquiéter pour moi, soupire Royce.

– Mais tu étais tout seul, et je voulais m'assurer que tout allait bien.

Je pose ma main sur sa nuque pour la réconforter sans éveiller la jalousie de Michael.

– Wendy, personne ne te remplacera jamais. Ton travail t'attendra jusqu'à ce que tu sois complètement remise sur pied.

Elle sourit jusqu'aux oreilles et Michael caresse son cou, puis il plonge une bouteille de champagne dans le seau plein de glace et il s'assoit enfin.

– Elle meurt d'envie de revenir, mais je l'oblige à aller au bout de ses huit semaines de convalescence. Elle a besoin de temps pour guérir, mentalement et physiquement. Le médecin est d'accord. N'est-ce pas, mon amour ?

– Oui, soupire Wendy. Et ça craint. Je vais très bien.

Je vois Michael contracter la mâchoire et son regard est furieux lorsqu'il me regarde dans les yeux. Il fait discrètement non de la tête pour me dire que Wendy est loin d'aller bien. Très loin, en fait.

CHAPITRE 2

– Alors, les garçons, quelle est la prochaine mission pour *IG* ? demande Wendy.

Elle sirote lentement son verre de vin blanc, comme si c'était un précieux nectar, sans doute parce que son mec ne lui autorise qu'un verre et qu'elle veut qu'il dure le plus longtemps possible.

Royce passe sa main sur son crâne chauve et s'accoude sur la table.

– On part tous les trois à Berlin pour travailler auprès d'un fabricant d'automobiles.

– J'ai hâte de rencontrer les poulettes berlinoises, marmonne Bo en se frottant le ventre.

Il doit être plus que repu, il a englouti plus de bouffe que Royce et moi réunis. On aurait dit qu'il n'avait pas mangé depuis une semaine.

Roy soupire et caresse son bouc.

– Oh, l'Allemagne, ça a l'air chouette, dit Wendy.

– Perso, je préférerais rester au bureau plus longtemps, je réponds en reculant mon assiette.

Skyler pose sa main sur ma cuisse en signe de soutien.

– Au moins, on a encore une semaine de repos, dit-elle.

– Sauf qu'on a prévu de la passer à New York.

Wendy fronce les sourcils, et le sourire de Skyler disparaît.

– En fait, je me disais qu'on pouvait rester à Boston. En plus, il faut que je voie Wendy pour parler du mariage.

Soudain, le visage de Wendy s'illumine.

– C'est vrai ?

– Ben, je ne serais pas une très bonne demoiselle d'honneur si je n'aidais pas la mariée à gérer l'organisation.

– Ce serait trop cool ! Merci, Sky.

– Mais il n'y a pas de quoi, c'est à ça que servent les amies. On n'a qu'à se voir en fin de semaine, si tu es partante.

– Bien sûr que je suis partante. La seule chose que Mick m'autorise à faire, c'est organiser le mariage depuis mon lit, avec mon téléphone et mon ordinateur portable, explique-t-elle en faisant une grimace à son fiancé, qui l'ignore.

– En parlant boulot... dit Royce en se levant pour venir à nous, il faut qu'on y retourne. Tu me manques, ma belle, confie-t-il à Wendy en ouvrant les bras.

Elle se lève et se blottit contre lui. Il la serre délicatement pendant une minute, puis il se baisse pour la regarder dans les yeux.

– Sois sage, d'accord ? Fais ce que disent les médecins. Écoute Michael, tant qu'il n'essaie pas de te convaincre de démissionner. Dans ce cas, ignore-le. Tu m'entends ?

– Cinq sur cinq.

– Bon, très bien. Je prendrai de tes nouvelles dans deux jours. Arrête de m'appeler.

Il la regarde comme un frère qui gronde sa petite sœur, et elle fronce les sourcils avant de sourire jusqu'aux oreilles.

– Je promets de ne pas t'appeler, toi.

Il secoue la tête, puis l'embrasse sur le front.

– Allez, prends soin de toi.

– Promis.

Bo vient à son tour, et cette fois, Michael se lève. Royce peut faire un câlin à Wendy et l'embrasser sur le front, mais il suffit que Bo s'approche pour que son fiancé soit aux aguets.

Je ris discrètement et pose mon bras sur le dossier de la chaise de Skyler. Elle ricane et boit une gorgée de son deuxième verre de vin. Avec l'alcool, ses joues sont roses et son sourire presque omniprésent. J'adore quand Skyler est pompette, surtout au lit.

– Quoi ? Je ne vais pas lui sauter dessus, détends-toi, Tarzan, dit Bo à Michael avant d'ouvrir grand les bras pour y accueillir Wendy.

Elle accepte, comme avec Royce, mais dès qu'il a posé ses mains sur son dos, elles descendent vers ses fesses.

– Touche-moi les fesses et je te casse les doigts.

Bo s'arrête aussitôt et Mick pousse un grognement en ramenant Wendy contre lui.

– Elle n'aura pas à le faire, dit-il à mon collègue. Je les aurai déjà enlevés un par un avec mon coupe-cigare.

Bo lève les mains en signe de capitulation.

– Très bien, très bien, bande de grincheux. Mais sérieusement, chipie, si tu as besoin de quoi que ce soit, il suffit de nous appeler, d'accord ?

– D'accord, répond Wendy en se blottissant contre son homme alors que nos deux amis tournent les talons.

– Bonne chance pour trouver la sortie ! je crie en riant.

– Ouais, ouais, ça va, je gère, répond Royce.

– Vous avez terminé ? demande Michael en désignant nos assiettes vides.

– Oui, c'était délicieux, merci Michael.

– Je crois que tu as mérité le droit de m'appeler Mick, répond-il.

Wendy hausse les sourcils et elle essaie de cacher sa réaction en prenant Skyler par le bras.

– Tu veux voir ce que j'ai déjà trouvé pour le mariage ?

– Oh oui, génial !

– Tu prendras un autre verre ? me demande Mick.

– Avec plaisir, je réponds en suivant Mick jusqu'au petit salon. Ça fait des générations que ta famille a cette maison. Tu aimes vivre ici ?

– Oui et non. Parfois, j'aimerais que Wendy et moi trouvions un endroit où repartir de zéro, mais cette maison est tout ce qui me reste de ma famille. Je viens d'une longue lignée d'enfants uniques, et mes parents et mes grands-parents sont décédés. Je n'ai d'autre famille que Wendy. Il était important pour moi de lui offrir tout ça, et elle semble heureuse, ici.

Nous arrivons au petit salon, où Mick demande au barman de nous resservir.

– Je crois que Wendy serait heureuse n'importe où, du moment qu'elle est avec toi. Comment va-t-elle d'ailleurs ? Tu as parlé de cauchemars ?

Mick ferme les yeux et prend une profonde inspiration avant de désigner les fauteuils en cuir installés face à la fenêtre qui donne sur sa propriété. Il regarde par-dessus son épaule pour s'assurer que sa fiancée n'est pas là.

– Toutes les nuits, elle se réveille en hurlant.

– Merde.

– Si seulement on avait su, gronde-t-il en fermant le poing. Je l'aurais gardée à la maison. Je me serais assuré qu'elle était en sécurité...

– Mick, tu n'aurais pas pu l'enfermer ici, elle t'en aurait voulu et ne t'aurait pas laissé faire...

– Alors, qu'est-ce que t'aurais fait, toi, à ma place ? demande-t-il en se passant la main dans les cheveux.

– Tu n'aurais rien pu faire pour changer le cours des choses. Crois-moi, j'ai retourné la chose dans tous les sens, et j'en reviens toujours à la conclusion qu'il y a des fous partout. Cette femme était malade.

– Et à cause d'elle, mon enfant est mort.

Waouh. Sa réponse me glace le sang.

– Est-ce qu'elle se fait aider ? Et toi ?

Il fait non de la tête.

– Mec, ce genre de chose ne part pas tout seul.

– J'ai un plan, dit-il en buvant une gorgée.

– Ah, et c'est quoi ?

Pourvu qu'il ne dise pas qu'il veut la faire démissionner.

– Je vais lui faire un enfant dès qu'elle ira mieux et qu'on sera mariés.

Je baisse la tête et regarde les glaçons dans mon Gin Tonic.

– Tu crois que c'est une bonne idée ? Échanger un bonheur contre un chagrin n'est pas forcément la réponse.

Il lève le poing puis semble se ressaisir, préférant empoigner l'accoudoir.

– Non, c'est clair. Mais cette catastrophe nous a fait prendre conscience qu'on voulait tous les deux une famille, une famille nombreuse. Et rapidement. Il nous faut quelque chose qui nous unit et que nous aimons tous les deux. Quelque chose qui est à nous deux.

– Tant que vous le faites pour les bonnes raisons, je suis content pour vous.

Mick boit une autre gorgée, puis il plonge son regard dans le mien.

– J'ai enfin compris combien toi, l'équipe d'*IG* et vos familles comptez pour Wendy. J'aimerais qu'elle n'ait besoin que de moi, mais je suis assez fort pour admettre que son cœur est suffisamment grand pour aimer de nombreuses personnes. Elle tient à l'environnement familial que vous avez construit avec *IG* et je ne reculerai devant rien pour qu'elle ait tout ce qu'elle désire.

– Je suis ravi de l'entendre. On l'aime, tu sais, comme une sœur. Et pour aussi longtemps qu'elle le voudra, elle aura toujours une place dans notre équipe et dans notre famille. Sky et elle s'entendent à merveille.

– J'aimerais organiser davantage de dîners et d'occasions comme aujourd'hui. J'aimerais apprendre à mieux vous connaître.

– Même Bo ? je ricane.

– S'il le faut, répond-il en grimaçant et en se tournant vers la fenêtre.

– Tu sais qu'il ne fait que plaisanter, avec Wendy, non ? Tous ses sous-entendus, la drague... c'est innocent. Il n'enfreindrait jamais la limite, même s'il joue avec. Wendy compte beaucoup pour lui. Et pour tout te dire, Bo laisse peu de femmes devenir proches de lui, s'il l'est avec Wendy, c'est qu'elle ne l'intéresse pas d'un point de vue sexuel ou sentimental.

– Peut-être, mais ses blagues sont insupportables.

– Et c'est pour ça qu'il les fait. Il adore vous voir vous énerver, Wendy et toi. Le truc, c'est de ne pas rentrer dans son jeu, il arrêtera, tu verras.

– Hmmm... Je vais réfléchir à ce que tu dis.

– Bref, revenons à nos moutons. Que dit le médecin à propos de ses cauchemars, je demande à voix basse.

– Il lui a prescrit des somnifères, mais elle refuse de les prendre, soupire-t-il. Elle dit qu'elle ne veut pas se droguer pour dormir.

– Rien d'autre ?

– Il dit qu'il faut du temps. Et qu'un psy pourrait aider.

– Peut-être qu'elle irait si tu l'accompagnais ? je suggère en haussant les épaules. Tu serais prêt à le faire ?

– Je ferais tout pour elle, gronde-t-il en me lançant un regard féroce.

– Dans ce cas, tu devrais lui proposer et voir si ça l'aide. En tout cas, ça ne devrait pas faire de mal. Et on fera davantage d'efforts pour venir vous voir. Mais tu sais, il va falloir que tu l'autorises à sortir de la maison. Elle a besoin de voir que la vie continue malgré ce qu'elle a vécu.

Skyler et Wendy entrent dans le petit salon en riant comme des adolescentes. La tristesse de Wendy semble avoir complètement disparu après avoir passé du temps avec ma nana, je sais ce que c'est, elle a le même effet sur moi.

– Chéri, il faut que tu voies la robe que Wendy a choisie. Elle est incroyable !

– Je préfère la voir le jour du mariage. J'aime les surprises, tu te souviens ?

Elle écarquille les yeux et sourit.

Nous entendons un crissement de pneus sur le gravier et lorsque je regarde par la fenêtre, je vois le 4x4 se garer dans l'allée.

– Notre voiture est arrivée, je dis en me levant et en boutonnant ma veste.

– Oh non, je m'amusais tellement… râle Wendy.

Mick va vers elle et l'embrasse sur le front en la prenant dans ses bras.

– Oui, et tu tombes de fatigue. Je crois qu'il est l'heure de faire une sieste.

– Tu veux bien la faire avec moi ? demande-t-elle d'une petite voix fragile.

Il l'embrasse tendrement et, je ne sais pourquoi, je me sens soulagé. Mon inquiétude disparaît en le voyant la chouchouter et en constatant combien il l'aime. Elle est loin d'être remise de la tragédie qu'elle a vécue, mais avec Michael à ses côtés et avec notre soutien, elle sera vite guérie.

– Allez, raccompagnons nos amis à la sortie, dit Michael.

– Nos amis ? répète-t-elle d'un ton plein d'espoir.

– Oui, ma chérie, nos amis.

– Génial. Je savais que mes gars te séduiraient.

– C'est moi, ton gars. Eux, ce sont tes amis.

– Si ce sont mes amis et que ce sont des mecs, je pourrais les appeler mes *boy-friends,* se moque-t-elle en lui caressant le dos.

– C'est ça, ouais, gronde-t-il. Seulement quand je serai mort.

Il semble on ne peut plus sérieux et, encore une fois, je suis choqué de voir combien il est jaloux et possessif. Cela dit, ce n'est pas à moi de les juger. Ils sont heureux, c'est tout ce qui compte.

Wendy et Skyler passent la porte en riant, et Nate et Rachel descendent de la voiture.

C'est alors que mon téléphone vibre pour m'annoncer un sms, je le lis avant de monter dans le 4x4.

Je reste figé sur place.

De : Inconnu
À : Parker Ellis

CONTENTE QUE TU SOIS BIEN RENTRÉ. TU M'AS MANQUÉ.

Je lis plusieurs fois le message, confus. Quelqu'un se paie ma tête, c'est sûr. Peut-être un des gars ou un vieil ami ?

Nous disons au revoir à Wendy et Mick, qui rentrent chez eux et referment la porte. Lorsque Skyler et Rachel sont installées à l'arrière, je m'arrête devant la portière de Nate, qu'il referme aussitôt, comprenant que je veux lui parler en privé.

Je l'emmène à quelques mètres du véhicule et lui montre mon téléphone.

– Tu as trouvé quelque chose sur le portable de Skyler ?

– Je l'ai filé à un ami. Il dit que le numéro vient d'un téléphone prépayé. Il ne peut pas le localiser, car il n'est relié à aucun réseau et qu'il est éteint entre les différents envois.

– Est-ce qu'elle a reçu d'autres messages sur son vieux téléphone ?

– Ouais, et mon pote les a regardés aussi, mais il n'a rien découvert.

Il sort l'ancien téléphone de Skyler de sa poche pour me montrer les sms.

De : Inconnu
À : Skyler Paige

POURQUOI TU M'IGNORES ?

De : Inconnu
À : Skyler Paige

JE TE CROYAIS DIFFÉRENTE.

De : Inconnu
À : Skyler Paige

T'ES COMME LES AUTRES, EN FAIT.

De : Inconnu
À : Skyler Paige

Tu crois que t'es meilleure que les autres ? Parce que t'es célèbre ? Tu ne l'es pas et je te le prouverai.

– Putain... On dirait un fan qui a pété un câble...

– Je suis d'accord, répond Nate. J'ai contacté Tracey, son agent, pour en savoir plus. Elle a peut-être reçu quelque chose par courrier. Je sais que Skyler a un service qui s'occupe de ça et une boîte qui met à jour son site Internet. J'ai demandé aux informaticiens de me prévenir en cas de prise de contact qui leur semble louche. Je devrais avoir une réponse demain.

Je fronce les sourcils, mais je hoche la tête et m'efforce d'avoir l'air heureux pour ne pas inquiéter Skyler.

– Dis-moi dès que tu sais quoi que ce soit, d'accord ? Je ne comprends pas comment cette personne s'est procuré nos numéros personnels.

– C'est peut-être un très bon hacker.

– Eh bien, je ne connais qu'une personne qui soit aussi douée, et elle s'apprête à faire la sieste, je dis en désignant la maison.

– Ouais, peut-être que quand elle se sentira mieux, on pourra lui demander ce qu'elle en pense. Elle pourra sans doute nous aider.

Je hoche la tête et regarde une dernière fois l'immense demeure avant de monter en voiture.

– Tout va bien ? demande Skyler en posant sa main sur mon genou.

– Ouais, j'avais juste besoin de parler à Nate d'une ou deux choses. Alors... ma surprise... ?

– Nate, c'est prêt ? demande-t-elle à son garde du corps en souriant jusqu'aux oreilles.

– Oui, tu veux y aller tout de suite ?

– Carrément ! s'exclame-t-elle en gigotant. Mets-nous un peu de musique, j'ai envie de danser !

Apparemment, son troisième verre de vin fait son effet.

– Tu t'es amusée ? je lui demande en la prenant par la taille pour la ramener contre moi.

– Grave ! J'adore traîner avec tes amis, chéri.

– Ce sont tes amis aussi, maintenant. Tu peux compter sur eux, tu sais.

– C'est vrai, ça ! J'aime avoir des amis avec qui on peut se détendre tous les deux. Ça rend la vie plus belle. On travaille dur, mais c'est bien de pouvoir profiter de notre temps libre avec nos amis.

Je l'embrasse sur la tempe, puis elle lève la tête pour m'offrir sa bouche. Elle a le goût du vin blanc et des fraises qu'elle a mangées au dessert.

– Hmmm...

Je soupire contre sa bouche, léchant sa lèvre inférieure avant de la mordiller. Elle plante ses ongles dans ma cuisse, puis sa main remonte pour s'arrêter sur mon érection naissante. Je la laisse faire quelques minutes, jusqu'à ce que je sente mes testicules se contracter, conscient que si elle continue, je ne pourrai plus me retenir de la prendre dans la voiture, garde du corps ou pas. Je fais appel à tout mon self-control et je pose ma main sur la sienne. Je grogne en enlevant sa main, et elle me regarde avec des yeux de chien battu.

– Ce n'est pas fair-play, ma pêche, je gronde.

– D'accord, répond-elle en souriant. J'arrête. Pour l'instant.

Je gonfle mes poumons, essayant de penser à quelque chose qui pourra calmer la bête. Heureusement, nous nous arrêtons déjà devant un immeuble que je ne connais que trop bien.

– Tu m'as emmené au travail ? Est-ce que ma surprise est au travail ?

– Si on veut. Allez, viens.

Rachel nous tient la porte et les deux Van Dyken nous escortent alors que je ferme mon manteau pour cacher mon érection. Heureusement, car une horde de paparazzis se jette sur nous. Je prends Skyler par la taille et nous avançons tandis que Rachel et Nate nous protègent et les font reculer.

– Bande de vautours, grommelle Nate. Il faudra qu'on passe par le garage, la prochaine fois.

Nous soufflons lorsque nous arrivons dans le hall d'entrée, car ils n'ont pas le droit de passer la porte et il y a des vigiles postés partout. Il faut un badge et un rendez-vous pour entrer, à moins de vivre ici. Je sais que les cinq derniers étages sont composés d'appartements où habitent des hommes d'affaires richissimes qui veulent vivre près de leur travail.

Lorsque nous arrivons dans l'ascenseur, Nate appuie sur le bouton pour le dernier étage avec son pouce.

– Euh, Nate, ce sont les étages résidentiels. Tu as appuyé pour aller au penthouse.

Il sourit et croise les bras, ignorant ma remarque.

– Qu'est-ce qui se passe, Sky ?

Je me tourne vers elle et découvre qu'elle pétille d'excitation. Il y a trois possibilités : elle a trop bu, elle est chaude comme la braise ou elle est sur le point de me faire la surprise du siècle.

L'ascenseur s'arrête enfin et les portes s'ouvrent sur un appartement. Nate entre et Rachel lui emboîte le pas.

– Attendez là, on s'assure que la voie est libre.

– Qu'est-ce qui se passe ? je répète lorsqu'ils sont partis.

Elle se mord la lèvre et empoigne sa longue jupe, la balançant d'avant en arrière, comme une enfant timide.

– C'est mon nouvel appartement. Je l'ai loué pour six mois.

J'ouvre la bouche et regarde autour de moi. Le mur est entièrement fait de baies vitrées, sur une dizaine de mètres. J'avance un peu et remarque le guéridon de l'entrée, sur lequel est posée une photo de Skyler et moi, chez elle, à New York.

Plus j'avance dans l'appartement, plus je reconnais la touche de Skyler. Les canapés sont recouverts de plaids et de coussins moelleux pour créer un ensemble douillet et confortable.

– Tu as acheté le penthouse dans l'immeuble d'*IG* ?

– Je l'ai loué, mais je peux l'acheter dans six mois, si je veux.

– Tu plaisantes ? je m'exclame en me tournant vers elle.

CHAPITRE 3

– Tu es content ou énervé ? Je suis tellement stressée que je n'arrive pas à savoir, chéri...

Sa lèvre tremble, mais elle se tient droite, montrant toute sa force de caractère. Je me précipite vers elle et prends son visage dans mes mains pour l'embrasser fougueusement, mais ce n'est pas assez. Ce n'est jamais assez.

J'empoigne ses fesses et la soulève pour qu'elle entoure ma taille avec ses jambes, et je l'emmène sur le canapé que j'aperçois du coin de l'œil. Je m'y assois et elle frotte son bassin contre le mien, penchant la tête sur le côté pour plonger sa langue dans ma bouche. Nos langues se caressent et se chatouillent et j'écrase son sexe contre mon érection brûlante.

– Hop là, tout doux ! Apparemment, vous vous fichez que l'appartement soit sécurisé ou pas, dit Rachel quelque part derrière moi. Bon, on y va alors. Notre appartement est juste en dessous. Est-ce que vous aurez besoin de nous, plus tard ?

– Non, marmonne Skyler sans rompre notre baiser.

– Ça ira, je réponds en reculant la tête pour prendre ma respiration.

Je me lèche les lèvres et son goût sucré déclenche une nouvelle décharge de plaisir qui me pousse à me cambrer contre elle.

Skyler glousse et je leur fais signe de partir.

– On vous appellera si on a besoin de vous, mais je crois qu'on va rester ici ce soir, je dis sans quitter Skyler des yeux.

– Ça roule. Amusez-vous ! se moque Rachel tandis que Skyler s'empare de nouveau de ma bouche.

– Tu es content, chéri ? demande-t-elle en déposant une série de baisers dans mon cou.

Ma peau se couvre de chair de poule et une bouffée de chaleur m'envahit. Je me demande combien de temps il me faut pour me dévêtir, mais peut-être que je vais la prendre tout habillé. On aura le temps plus tard pour le reste. Ouais, ça me plaît.

Je penche la tête en arrière pour la laisser me dévorer.

– Je suis tellement heureux, ma pêche, je grogne alors qu'elle défait ma ceinture et mon pantalon.

– Je veux être plus près de toi, dit-elle en reculant et en dégageant ses cheveux de son visage. Est-ce que c'est trop tôt ?

Sa main est toujours sur mon érection et j'ai envie de crier ma frustration, mais je me force à me concentrer sur ses paroles.

– Tu ne sais pas ce que ça représente de t'avoir près de moi, dans ma ville, dans l'immeuble où je travaille. Mais que fais-tu de New York ?

Ma verge tressaute, comme pour m'engueuler de prolonger la conversation.

Skyler se lèche les lèvres et passe sa main dans mes cheveux.

– À New York, il n'y a pas l'homme que j'aime.

Une éruption de désir embrase mon sang.

– Il n'est pas toujours à Boston non plus, je lui rappelle.

– Pas toujours, non. Mais tu es chez toi ici, et je le suis de plus en plus aussi, répond-elle en déboutonnant lentement ma chemise. Ta famille, ton entreprise, ta vie est ici. Je peux travailler d'où je veux et prendre l'avion quand c'est nécessaire.

Elle ouvre ma chemise et pose ses mains à plat sur mon torse, brûlant ma peau comme un fer rouge.

– Le reste du temps, je veux être près de toi, dit-elle avant de se pencher pour laper mon téton.

Je saisis son menton et rapproche son visage du mien.

– Tu es sûre ? C'est une étape sérieuse.

– Ce serait encore plus sérieux d'emménager ensemble. Pour l'instant, je veux qu'on puisse passer autant de nuits que possible ensemble. Et tu t'inquiétais pour ma sécurité. Cet immeuble est plus protégé qu'une forteresse, explique-t-elle en ouvrant ma braguette. Nate et Rachel ont visité beaucoup d'appartements, mais je voulais celui-ci. Ils étaient d'accord, vu la façon dont sont gardés l'entrée et le garage, et l'ascenseur ne s'active que par empreinte digitale.

En parlant d'empreinte digitale... elle promène son pouce sur ma verge, sous mon boxer, me montrant ce que son doigt sait faire, alors que je sais que sa bouche et sa fente chaude sont capables de beaucoup mieux.

– Ça me fait penser que... poursuit-elle, me ramenant au sérieux de la conversation, il faudra que tu fasses enregistrer tes empreintes pour que tu puisses aller et venir comme tu veux. Les mecs et Wendy aussi. Et tes parents.

Je pousse un grognement lorsqu'elle empoigne mon sexe, qu'elle branle lentement.

– Putain...

Je plante mes ongles dans sa fesse et cherche le bas de sa longue robe. Elle finit par m'aider et elle la passe par-dessus sa tête, révélant son bustier beige et sa culotte en dentelle couleur chair. Plutôt que de l'obliger à se lever pour enlever le bas, je déchire la dentelle sur le côté et empoigne le tissu à l'avant et à l'arrière. Je le plaque contre son sexe, lui arrachant un petit cri, et je le frotte sur son clitoris jusqu'à ce qu'elle ne tienne plus en place.

– Parker, chéri... J'ai envie de toi. Bon sang, j'ai tellement envie de toi...

Elle penche la tête en arrière et ses longs cheveux chatouillent ma main.

– Je t'en supplie...

J'avance la tête pour mordre son sein et le lécher.

– J'adore quand tu me supplies.

– Je sais, gémit-elle lorsque je frotte plus fort son sexe avec la dentelle.

Au pieu, Skyler se laisse complètement aller. Elle laisse libre cours à ses envies et je n'aperçois jamais de gêne ou de manque de confiance.

Elle est bientôt haletante et quand je sais qu'elle est sur le point de jouir, j'enlève ce qui reste de sa culotte, empoigne ma queue et m'enfouis brusquement en elle. Elle pousse un cri de surprise et les parois de son sexe se referment sous l'effet de son orgasme, je serre les dents, essayant désespérément de ne pas jouir aussi.

Quand sa respiration s'est calmée, j'accélère mes va-et-vient. Elle commence bientôt à participer, s'asseyant sur moi lorsque je soulève mon bassin pour plonger en elle, rebondissant sur moi en fredonnant son plaisir.

– Tu es une véritable déesse, je gémis alors que ma verge se gorge de sang et que mes testicules se contractent.

– C'est si bon... Tellement bon...

Elle plaque sa bouche sur la mienne en poussant un nouveau cri, et tous les muscles de son corps se crispent, annonçant l'arrivée de son deuxième orgasme.

Saisi par une pulsion animale, je nous retourne pour l'allonger sur le canapé et je lève une de ses jambes, l'ouvrant davantage pour la prendre encore plus fort. Ses seins jaillissent de son soutien-gorge Wonderbra et ses cheveux s'étalent sur le coussin comme les rayons du soleil. Je veux la faire hurler jusqu'à ce qu'elle en perde sa voix.

Elle plaque son mollet sur mes fesses pour me ramener contre elle. Je serre les dents et accélère encore jusqu'à ce que ma vue devienne floue et que je n'entende plus que les clameurs de son deuxième orgasme, si fortes que je ne serais pas surpris que Rachel et Nate l'entendent aussi.

Mes fesses et mes cuisses se contractent et je m'arrête, enfoui profondément en elle. Soudain, un frisson parcourt mon corps et je me déverse en elle avec la force d'un volcan en éruption. J'éjacule jusqu'à la dernière goutte puis, épuisé, je m'allonge sur elle et elle m'entoure de ses bras et de ses jambes.

Je ne veux jamais partir.

Cette femme est le plus bel endroit sur terre.

Au bout de quelques minutes, je prends conscience que je dois l'écraser, mais je ne suis pas prêt à briser notre connexion. Je roule sur le côté en l'emportant avec moi de sorte que nous sommes allongés l'un contre l'autre.

– Alors, si j'ai bien compris, tu aimes l'appart ? chuchote-t-elle contre ma bouche.

– Hmmm... Je l'adore.

– Imagine combien tu l'aimeras quand tu l'auras vu...

Nous éclatons de rire et je sens mon sexe glisser hors du sien.

– On devrait bouger, sinon on va ruiner ton nouveau canapé.

– Il est antitache, répond-elle en bâillant.

Je baisse sa jambe et m'assois tandis qu'elle se blottit, nue, contre l'accoudoir.

– Pourquoi on baise toujours sur les canapés ? je demande en remontant mon boxer et mon pantalon.

– On aime ça, dit-elle en bâillant de nouveau. C'est notre truc.

Je regarde la plus belle femme du monde, celle qui me rend fou de désir, et je souris.

– Ouais, tu as raison, bébé. C'est notre truc. Allez, repose-toi un peu, je dis en la couvrant avec un plaid.

Je lui tourne le dos et prends le temps de découvrir l'appartement. Celui que Skyler a loué à Boston. Pour moi.

Non... pour nous.

◆ ◆ ◆

Deux jours plus tard, je regarde par la fenêtre de mon bureau en repensant aux choses scandaleuses que j'ai faites à Skyler avant de descendre travailler.

Je soupire quand quelqu'un frappe à ma porte.

– Bonjour, Annie, je dis en souriant alors qu'elle entre avec deux sacs en papier.

– Bonjour, Monsieur Ellis. Je me suis permis de nous prendre des sandwichs. J'ai pensé qu'on pouvait manger en passant en revue les détails de votre voyage à Berlin ?

Elle sourit jusqu'aux oreilles et j'observe sa tenue. Elle porte une jupe crayon bleu marine et un chemisier ample, violet, avec des manches bouffantes qui sont resserrées sur les poignets. On dirait un costume de théâtre pour une pièce de Shakespeare, ça ne lui va pas. Je vois bien Skyler mettre ce chemisier avec un jean et des bottes en daim beige, mais sur Annie, il fait trop prude. Cela dit, je dois admettre qu'elle est toujours apprêtée et professionnelle, c'est justement ce qu'il nous faut.

Je soupire et désigne le fauteuil en face de mon bureau. Wendy voudrait que je fasse un effort avec sa remplaçante et Royce m'a dit hier qu'il pensait garder Annie de façon permanente pour qu'elle s'occupe de la comptabilité. Il envisage aussi d'embaucher un avocat à temps plein, apparemment on n'est pas au point en matière juridique et on doit se couvrir coûte que coûte.

– C'est très gentil, Annie, mais ce n'était pas nécessaire.

Elle me sourit et je la vois rougir en s'asseyant et en sortant du sac un sandwich enveloppé de cellophane.

– Votre préféré.

– Comment vous savez que c'est mon préféré ?

Elle cligne plusieurs fois des yeux, puis secoue la tête.

– Oh, c'est dans le dossier de Wendy. Elle a noté toutes vos préférences.

– Waouh, bien joué.

– Merci.

Elle est sur le point de me tendre le sandwich lorsque quelqu'un frappe de nouveau à la porte. Elle s'ouvre aussitôt et ma nana entre, illuminant la pièce. Ses cheveux blonds sont relevés en queue-de-cheval qui se balance de droite à gauche à chacun de ses pas. Elle est vêtue d'un jean ultraslim, d'un débardeur bleu marine, de cinq sautoirs de couleurs et de longueurs différentes, et d'une chemise à motif cachemire qu'elle a laissée ouverte. Elle a trois bagues en argent à une main, deux à l'autre, et son bracelet « Vis ta vérité » est accompagné d'autres bijoux qui semblent également faits à la main.

Je la regarde comme un homme qui revient à la vie. Son débardeur est juste assez décolleté pour laisser entrevoir sa poitrine, et j'en ai l'eau à la bouche. Au diable le sandwich, je préfère croquer Skyler.

– Je nous ai fait à manger, chéri ! annonce-t-elle en venant de mon côté du bureau.

Je l'attire sur mes genoux et elle glousse en me prenant dans ses bras. Je regarde sa bouche rouge et pulpeuse, prêt à la dévorer, lorsque je me rappelle que nous ne sommes pas seuls.

Skyler se tourne, sans quitter mes genoux.

– Salut, Annie ! Vous trouvez vos marques, ici ?

– Oui, merci, Mademoiselle Paige, répond notre assistante, un sandwich à la main.

– Oh, appelez-moi Skyler, ou Sky, je vous en prie.

– Merci, Sky, répond Annie, et son visage s'illumine. J'avais apporté de quoi manger pour Monsieur Ellis pour qu'on parle du voyage à Berlin, mais je le garderai pour demain. Pas de souci, dit-elle en remettant le sandwich dans le sac.

– Et si vous le donniez à Bo, Annie ? Il peut passer en revue les détails du voyage pendant que je mange avec ma copine.

Le sourire d'Annie disparaît, mais elle se dépêche d'en dégainer un faux.

– D'accord. Je vais faire ça.

Skyler désigne soudain le chemisier d'Annie.

– J'ai la même chemise ! Elle est confortable, n'est-ce pas ? Et elle te va super-bien ! s'exclame Skyler.

Le vrai sourire d'Annie revient, comme un vilain petit canard à qui on dit qu'il est beau pour la première fois.

– C'est vrai ? demande-t-elle d'une voix aiguë et pleine de joie. Je porte la même chemise que Skyler Paige ? Waouh. Je vais tout de suite appeler ma mère pour le lui dire !

– Si vous voulez, je peux signer quelque chose pour vous et elle, comme ça, vous pourrez lui faire la surprise !

– Vous êtes... unique, déclare Annie avec de grands yeux émerveillés.

– Mais non, je sais juste combien les mères sont importantes. Elles doivent se sentir spéciales aussi souvent que possible, répond Skyler en attrapant un bloc-notes sur mon bureau. Comment s'appelle votre mère ?

Elle porte le stylo à sa bouche et enlève le capuchon avec ses dents. Je pousse un grognement et recule la tête en appuyant sur mes tempes.

Bon sang, essaie de ne pas bander, essaie de ne pas bander.

– Trudy.

Skyler niche sa langue dans le creux de sa joue et je ne peux m'empêcher de penser à la remplacer par mon sexe.

Essaie de ne pas bander. Essaie de ne pas bander.

Je me mords la lèvre et attends que Skyler ait écrit les deux messages.

– Tenez. Vous serez la meilleure fille du monde !

Annie prend les feuilles et les lit plusieurs fois en retraçant l'écriture de Skyler du bout du doigt.

– Merci, dit-elle d'une voix tremblante. Merci infiniment. Je savais que vous étiez géniale.

– Oh, c'est mignon. Maintenant, si vous voulez bien nous excuser... dit Skyler en m'embrassant sur la joue, j'ai un rencard avec ce beau gosse.

– Oh, oui, bien sûr, bégaie Annie en saisissant les sacs en papier et en marchant d'un pas rapide vers la porte. Si vous avez besoin de quoi que ce soit, n'hésitez pas à m'appeler, surtout.

Elle referme la porte et je prends ma nana par la taille.

– Alors, où en étions-nous... ?

– Elle est sympa, tu ne trouves pas ?

– Mmm... hmmm. Très sympa. Alors, qu'est-ce que tu m'as apporté qui me mette l'eau à la bouche ?

Skyler sourit jusqu'aux oreilles. Le soleil illumine sa peau bronzée, et ses yeux caramel scintillent d'un éclat doré.

– J'ai fait des lasagnes et du pain maison avec une salade verte.

– Tu as eu le temps de faire tout ça depuis que je t'ai laissée ce matin ?

– Ouaip. Rachel et Nate m'ont emmenée au supermarché.

– Tu as fait les courses ? Je pensais que tu changerais d'avis et que tu repartirais à New York ce week-end avant que j'aille à Berlin avec les mecs.

– Non, je préfère découvrir ma nouvelle ville. Nate a déjà choisi le 4x4 qu'il veut faire renforcer. Tu ne seras pas surpris de savoir que c'est exactement le même qu'on louait jusqu'à présent.

– Ah ! Il a ses habitudes. Comment ça s'est passé au supermarché ?

– Ben, au début ça allait très bien, répond-elle mais son sourire disparaît, jusqu'à ce qu'une femme me reconnaisse et pète un câble. Je ne veux pas dire qu'elle s'est jetée sur moi pour me demander un autographe, non. Elle s'est mise à hurler aussi fort que possible, puis elle est tombée dans les pommes, en plein milieu du rayon surgelés. Ça craint, soupire Skyler en se levant de mes genoux. J'adore mon métier et je ne pourrais en faire aucun autre, mais parfois... c'est chiant d'être célèbre.

Elle sort deux Tupperware de son sac et m'en donne un. Elle s'assied sur le fauteuil en face de mon bureau.

– Qu'est-ce que vous avez fait ? je demande en prenant les couverts qu'elle me tend.

– Rachel est allée chercher de l'aide et le magasin a appelé une ambulance. Elle s'est juste évanouie, mais comme c'était dans un supermarché, ça a fait tout un drame. La prochaine fois, j'irai ailleurs et je me déguiserai.

Elle soupire de nouveau en ouvrant son Tupperware. Une odeur divine de pain, d'ail et de fromage fait gargouiller mon estomac.

– Allez, mange tant que c'est chaud.

– Tu sais, ma pêche, il va te falloir du temps pour trouver où aller sans que les gens ne réagissent.

– Ouais, tu as raison. Je crois que comme on a passé la semaine dans une bulle, je me suis habituée à ne pas devoir me cacher. Je devrais être habituée à ces réactions, mais ce n'est pas le cas. J'aimerais simplement pouvoir choisir mes légumes sans qu'on m'importune pour un autographe ou un selfie ou pour me dire qu'on adore mes films. Tu vois ce que je veux dire ?

Je pose ma main sur la sienne.

– Non, pas vraiment, mais quand on est ensemble et que les paparazzis surgissent de nulle part, j'ai un aperçu de ce que tu supportes au quotidien. Je suis désolé, ma belle.

– C'est pas grave. Je force un peu le trait, mais il fallait voir cette femme. La pauvre achetait tranquillement des framboises surgelées, et la seconde d'après, elle s'effondrait par terre.

J'éclate de rire et Skyler finit par sourire.

– Au moins, elle ne s'est pas blessée.

– C'est vrai, merci, chéri.

– De quoi ? C'est toi qui nous as apporté à manger. D'ailleurs, c'est délicieux, je dis en avalant une bouchée.

– Merci d'être toi. De me comprendre. Et de me laisser râler.

– Tu peux toujours compter sur moi, Sky.

Elle penche la tête sur le côté et plonge son regard dans le mien.

– Je suis ravie que tu aies frappé à ma porte, ce jour-là.

– Moi aussi, et je remercie le Ciel chaque jour. Maintenant mange, j'ai du travail à faire. Je veux me dépêcher de rentrer à la maison pour retrouver ma copine.

– Ah bon ? Je parie qu'elle n'est pas du genre à attendre, en plus.

– C'est inutile, je bâcle mon travail, car le meilleur moment de ma journée, c'est quand elle ouvre la porte et que je vois son sourire.

Elle s'essuie délicatement la bouche et me lance un sourire moqueur.

– Mec, même dans mes comédies romantiques, on n'entend pas ce genre de phrase ringarde !

Je lui jette ma serviette et elle me la renvoie en riant.

Des rires et de l'amour. Y a-t-il rien de plus beau ?

CHAPITRE 4

La première classe se remplit et nous trouvons nos sièges rapidement. Royce s'installe près de la fenêtre, car il sait que je me fiche de regarder la terre en contrebas. Pour moi, l'avion est comme un bus ou un train qui flotte. Je n'ai pas besoin de regarder par le hublot, je laisse le bourdonnement du moteur m'endormir, je profite des deux ou trois repas que je n'ai pas à cuisiner et je fais passer le temps en travaillant, en lisant ou en regardant une des dernières sorties cinéma. Il faut à peu près dix heures pour aller à Berlin, et comme c'est un vol de nuit, nous devrions vite nous adapter à l'heure européenne.

Bo s'assoit de l'autre côté de l'allée en tendant ses longues jambes. Royce me fait passer sa veste de costume pour que je la donne à l'hôtesse avec la mienne. Nous devons retrouver notre client dès que nous atterrissons. Nous sommes tous les trois d'accord pour faire en sorte que la mission ne dure pas plus d'une semaine, car d'autres nous attendent. La prochaine est à Washington et je ne peux pas y échapper comme je l'espérais, car j'ai pris plus de congés que Royce et Bo ces derniers temps. Ça craint, parce que j'aurais vraiment voulu passer du temps avec Skyler pour lui faire visiter Boston.

L'hôtesse prend notre commande, je demande un whiskey, car je veux dormir. Comme toutes les nuits depuis qu'elle a son appartement à Boston, Skyler m'a empêché de dormir, on a baptisé presque toutes les tables, commodes, tapis, murs et portes pour « se forger des souvenirs », comme elle dit. Peu importe la raison, je suis ravi de lui faire prendre son pied aussi souvent que possible.

Je souris alors que l'hôtesse apporte nos boissons.

– Comment était Sky quand tu es parti ? demande Roy en buvant une gorgée de whiskey.

– Très bien. Je ne me doutais pas du tout qu'elle allait louer quelque chose à Boston.

Royce sourit et me pointe du doigt.

– Tu ne penses pas que tu mérites une femme comme elle ?

– Tu veux la vérité ? je réponds en réfléchissant.

– Toujours, frère. Toujours.

– Au début, non. Pas même après, mais beaucoup de choses ont changé depuis deux mois. Surtout depuis notre séparation et notre séjour à Londres, puis à Paris. J'ai l'impression que notre relation fait sens, à présent. Ce ne sera pas forcément facile, sortir avec une star de son calibre ne le serait pour personne. Il y a de véritables problèmes en matière de sécurité et des inquiétudes qui peuvent nous barrer la route, mais on s'efforce d'en parler et de communiquer en permanence.

Royce hoche la tête et m'écoute en silence.

– Quand j'ai su qu'elle avait loué le penthouse de l'immeuble *d'IG*… c'est comme si quelque chose s'était ouvert en moi.

– Tu as enfin accepté la réalité ? propose-t-il.

– Oui, exactement.

Je bois une gorgée de whiskey et le laisse me brûler la gorge et le ventre.

– Elle est tout ce que j'ai toujours voulu chez une femme, ça, je le sais depuis le début. Mais le fait qu'elle déménage ici, qu'elle prenne le temps de vous connaître, vous et ma famille… ça m'a frappé.

– Qu'est-ce qui t'a frappé, exactement ?

Il plonge son regard dans le mien, ignorant les passagers qui cherchent leur siège et le type qui ne cesse d'ouvrir les compartiments pour sortir ou ranger ses affaires.

– Peut-être que c'est elle que j'ai toujours cherchée. Je sais que pour elle, je suis tout ce qu'elle souhaitait chez un homme…

Royce hausse un sourcil, dubitatif.

– Bon d'accord, elle se passerait sans doute de mon manque de confiance en elle.

– C'est bien, mec. Je ne voulais pas le dire, mais tu es parvenu tout seul à ce constat, répond-il en souriant. Donc, si j'ai bien compris, vous avez réglé vos différends concernant vos ex et, bien sûr, Sophie ?

Je soupire et recule contre l'appuie-tête.

– Honnêtement, je crois que oui. Je ne peux pas être sûr que de nouveaux problèmes ne se présenteront pas. Je n'accepterai jamais que Johan soit dans sa vie, de la même façon qu'elle n'aimerait pas que Kayla ressurgisse dans la mienne. Quant à Sophie, Skyler sait que je refuse de faire une croix sur elle. C'est mon amie, et je crois qu'à Paris, elle a pu voir que notre relation était fondée sur des affinités amicales, pas de l'amour.

– Je ne sais pas comment tu as fait, remarque Royce. Je n'ai jamais connu de femme qui acceptait que son mec soit ami avec une femme avec qui il avait couché.

– Peut-être que le fait qu'on ne vive pas sur le même continent joue en ma faveur, je réponds en riant.

– Ah, tu as raison. Je comprends mieux, maintenant.

Nous rions tous les deux lorsque mon téléphone vibre pour me signaler un mail.

De : Paul Ellis
À : Parker Ellis
Objet : Berlin ou rien

Frangin,

Je viens de parler à maman ! Je sais, ça fait un bail. Désolé. J'étais en mission ultrasecrète depuis longtemps, mais je suis enfin libre, du moins pour quelque temps. Je suis en Europe et j'allais rentrer dans quelques jours. Maman a dit que tu allais à Berlin aujourd'hui. Je serai à Francfort demain et je peux t'y retrouver. Ça fait bien trop longtemps, mec. BIEN TROP LONGTEMPS !!! Ta vilaine tronche me manque.

Envoie-moi l'adresse de ton hôtel dès que tu peux.

Passe le bonjour à Royce de ma part, et dis à Bo qu'il me doit toujours les vingt dollars de notre dernier pari au football américain qu'il a perdu.

Essaie de trouver du temps pour moi, ok ? Il faut qu'on parle. J'ai des choses à te dire.

Le plus beau des Ellis,
Paul
PS : Tu te tapes vraiment Skyler Paige ?

– Mon Dieu ! je m'exclame en relisant le message de mon frère.

Ça fait deux ans que je ne l'ai pas vu et six mois que je ne lui ai pas parlé.

– Qu'est-ce qui se passe ? demande Bo alors que Royce se penche pour voir le mail, que je relis une troisième fois.

Je me surprends à retenir mes larmes. Je pensais que le prochain message que l'on recevrait à propos de Paul nous annoncerait qu'il était mort au combat. Il n'avait jamais laissé passer six mois sans nous donner de nouvelles. Maman doit être chamboulée, la pauvre, et je ne peux même pas l'appeler parce que le pilote vient d'annoncer le décollage.

– Putain, Paul t'a écrit ? marmonne Royce alors que je passe mon téléphone à Bo.

– C'est lui qui me doit vingt dollars. Quel enfoiré !

J'éclate de rire, surtout que le voisin de Bo rouspète en se tournant sur le côté, comme pour éviter d'être associé à mon partenaire très peu discret.

– C'est quand la dernière fois que tu as eu des nouvelles ? demande Roy alors que Bo me rend mon téléphone.

– Six mois, peut-être plus.

– Au moins, tu sais qu'il va bien. Je me faisais du souci pour lui, dit Bo avant de boire sa bière.

Je secoue la tête et soupire pour évacuer l'inquiétude à laquelle je m'étais habitué durant ce long silence.

– Putain... il va bien, je dis en me passant la main dans les cheveux. Il a quelque chose à me dire et il va rentrer à la maison. Maman et papa doivent être fous de joie.

– Ouais, je me demande ce qu'il veut te dire.

Je bois une gorgée de whiskey et décide de vider mon verre d'un trait.

– Peu importe. Du moment qu'il est en sécurité et qu'il n'est pas mort dans un pays ravagé par la guerre, il peut me dire ce qu'il veut.

– Je te comprends, mec. Je suis content qu'il rentre, dit Royce en me tendant le poing pour que je le frappe avec le mien.

– C'est cool qu'il rentre au bercail, ajoute Bo en étirant ses jambes et en tournant la tête vers moi, l'air très sérieux. Mais c'est lui qui me doit du fric, et j'ai l'intention de le récupérer !

On éclate de rire et je recule dans mon siège, levant mon verre vide en direction de l'hôtesse, qui hoche la tête.

– Merci, les gars.

– Pourquoi ? répond Royce.

– D'être là, tout simplement.

– Mais non, ça, c'est le plus facile. Dans une famille, on se serre les coudes quoi qu'il arrive, n'est-ce pas, Boogie ?

Bo grimace en entendant le surnom qu'il déteste et finit sa bière cul sec.

– Absolument.

Je gonfle mes poumons et expire lentement.

– Les familles peuvent prendre toutes les formes.

◆ ◆ ◆

Le siège d'OhM Motors se situe en plein cœur de Berlin. Ils ont aussi des bureaux et des usines dans des pays partenaires, aux États-Unis, en France, au Japon et en Inde. Lorsque nous arrivons, nous sommes aussi frais que possible après nous être brossé les dents et passé un coup d'eau sur le visage. Même Bo a fait un effort, avec une veste en cuir plus élégante que son blouson habituel, un jean noir, ses bottes de moto et un T-shirt blanc à col V tout neuf.

Bo est authentique et, malgré son look décontracté, il est aussi professionnel que nous. Il s'habille de façon à se sentir en confiance, qui suis-je pour le juger ?

À l'opposé de Bo, Royce est vêtu d'un costume Tom Ford noir, d'une chemise rose pâle avec des boutons de manchette argentés. C'est la classe incarnée. De mon côté, je suis sans doute entre les deux, avec mon costume Hugo Boss bleu marine, une chemise blanche, une cravate vert et bleu et mes chaussures Ferragamo marron.

Cette mission ne dure qu'une semaine, mais on est payés deux cent cinquante mille dollars, d'où le fait que toute l'équipe est venue. Bien sûr, Wendy n'est pas de la partie, et je me promets de lui écrire pour lui dire qu'on est bien arrivés et pour prendre de ses nouvelles. Cela dit, je sais qu'elle suit tous nos mouvements avec nos cartes bleues, et je ne serais pas surpris qu'elle ait mis des puces GPS dans nos portefeuilles respectifs.

Cette femme est vraiment parano.

En même temps, elle s'est pris une balle dans la poitrine en étant en mission avec nous. Et nous sommes sa seule famille, en dehors de Mick. Elle est un peu trop protectrice, mais pour être honnête, je m'en fiche. Elle ne nous fait pas de mal, et si les choses tournaient au vinaigre, elle pourrait réagir aussitôt.

Royce nous ouvre la porte et nous sommes immédiatement accueillis par une standardiste qui nous escorte jusqu'à un bureau, au fond d'un couloir. Elle frappe, dit quelque chose en allemand et nous ouvre.

– Vous pouvez entrer. Madame Schmidt vous attend.

Monika Schmidt est une grande femme filiforme avec des cheveux blonds et des yeux bleus. Avec ses pommettes hautes, son visage allongé et sa bouche charnue, elle me fait penser à Claudia Schiffer, la mannequin préférée de ma mère. Cependant, cette femme n'a rien d'une top-modèle, elle a plutôt l'air d'une avocate prête à tout pour gagner son procès. Elle porte un tailleur gris foncé avec des coutures noires. Sa jupe crayon est fendue à l'arrière et lui va comme un gant. Ses cheveux blond platine sont attachés en chignon bas et son maquillage est naturel.

– Je suis Monika Schmidt. Soyez les bienvenus à OhM Motors, dit-elle dans un anglais parfait avec une pointe d'accent allemand. Je suis contente de vous avoir parmi nous. Mettons-nous tout de suite au travail.

Je lui serre la main en lui souriant.

– Bonjour, Madame Schmidt. Merci d'avoir fait appel à nous. Nous avons hâte d'en savoir plus à propos de votre entreprise et de son lancement à l'international.

Une fois qu'elle a serré les mains de Bo et de Royce, elle désigne la table ronde autour de laquelle sont placées des chaises. Pas de canapé moelleux, ici, on bosse. Nous nous asseyons, elle prend aussitôt une télécommande et déroule l'écran du projecteur. Les lumières s'éteignent et une vidéo s'affiche.

– J'aimerais que vous regardiez les spots publicitaires produits par deux entreprises spécialisées en marketing et en communication. Elles traitent de notre produit et du lancement de l'entreprise. J'aimerais avoir vos avis.

– Très bien, allez-y.

Elle hoche la tête et la vidéo commence.

La première montre une femme séduisante en robe de soirée, s'émerveillant devant une des voitures que l'entreprise a fabriquées.

D'après les informations que nous avons collectées, six voitures vont être lancées en même temps, et toutes sont uniques. L'entreprise ne produit que des véhicules hybrides et très performants. À peu de chose près, elle s'apparente à Tesla, aux États-Unis.

Dans la vidéo, un homme fait un baisemain à la femme, puis ils esquissent une valse autour de la voiture. Je grimace et me retiens de bâiller, car le décalage horaire se fait sentir. Bo triture son bouc et Royce est concentré sur la vidéo, mais lorsque le couple poursuit sa valse alors que la femme est enceinte, Royce grogne à son tour. Dans la dernière image, l'homme danse avec une petite fille, et la femme l'accompagne en tenant un petit garçon dans ses bras. La vidéo s'arrête sur le logo d'OhM Motors et le slogan « *Entrez dans l'avenir en dansant* ».

– Des commentaires ? demande Monika.

Nous nous regardons tous les trois, et je lève la main.

– Regardons d'abord l'autre vidéo avant d'en discuter.

Monika hoche brièvement la tête avant d'appuyer sur « Play ».

Un crossover OhM est sur un circuit de course, à côté d'une Mercedes, d'une Audi, d'une BMW, d'une Porsche et d'une Lexus, toutes des crossovers. La lumière verte s'allume puis s'éteint, et les voitures démarrent en trombe. Je lève les yeux au ciel lorsque la voiture OhM remporte la course. *Bien évidemment.* Lorsqu'elles sont à l'arrêt, les portières s'ouvrent et une femme d'une trentaine d'années descend de chaque voiture. Le logo OhM s'affiche avec le slogan « *Exigez la première place. Foncez avec style.* »

Je cligne des yeux plusieurs fois pour me débarrasser de l'ennui que provoquent ces campagnes publicitaires.

Monika appuie sur un bouton et croise les bras.

– Alors, qu'en pensez-vous ?

– Ces vidéos sont affreuses, déclare Bo.

– Je n'achèterais pas vos voitures, marmonne Royce.

– Loin de nous l'envie de manquer de respect à vos partenaires marketing, je dis en me tournant vers elle, mais je comprends, maintenant que j'ai vu les vidéos, que vous ayez fait appel à nous.

– Eh bien, on m'a dit que vous étiez les meilleurs pour les cas uniques et inhabituels.

– Ah oui ? Qui vous a dit ça ?

– Alexis Stanton. Nous utilisons ses logiciels. Elle m'a expliqué que vous aviez réglé un problème pour elle et elle m'a convaincue que vous pouviez m'aider à mon tour. J'ai un mois pour refaire toute la campagne publicitaire et la distribuer auprès de nos partenaires en France, aux USA, au Japon et en Inde. Ces pubs ne feront pas l'affaire. J'aimerais avoir vos idées.

J'attrape mon attaché-case et sors les quatre dossiers qu'Annie a préparés avec les recherches qu'on a faites sur OhM Motors, et je les fais passer.

– D'abord, parlons de ce qui nous a déplu dans ces publicités, je propose.

– La cible est trop étroite. La première montre un homme et une femme en tenue de soirée, ce qui fait tout de suite penser à des gens aisés. Ensuite, vous montrez leur famille s'agrandir. En gros, vous vendez des voitures familiales pour les riches, remarque Royce.

– La seconde vidéo se déroule sur un circuit automobile, poursuit Bo. On pense tout de suite à un sport d'homme. Mais les actrices sont des femmes en âge de fonder une famille. Qu'en est-il des hommes ou des célibataires qui veulent une nouvelle voiture ?

– Je suis d'accord avec mes collègues, mais j'ajouterai que la voiture est au deuxième plan par rapport aux personnes. Il faut qu'elle soit au-devant de la scène.

Je comprends que vous vouliez faire passer l'idée que vos véhicules vont accompagner leurs acheteurs tout au cours de leur vie, mais je ne crois pas que ces vidéos s'y prennent de la meilleure façon.

– Et comment vous vous y prendriez, vous ? demande Monika en tapotant sa bouche avec son stylo.

– Ouvrez le dossier que je vous ai passé. Parlons des aspects que vous voulez mettre en avant auprès de tous les acheteurs potentiels, pas seulement d'une seule catégorie de gens. Qu'est-ce que ces voitures ont de spécial ?

– Elles sont respectueuses de l'environnement. Elles sont toutes hybrides, donc les conducteurs ne répandent pas autant de particules fines et ils consomment moins d'énergie fossile, dit Royce, ce qui permet aussi d'économiser de l'argent, puisqu'on fait moins souvent le plein d'essence. Avec vos véhicules, on économise de l'argent et on sauve la planète.

– Exactement. Je n'aurais pas dit mieux, je déclare. Et toi, Bo, qu'en penses-tu ?

– Les six véhicules que vous allez lancer sont de gros moteurs. Cela va intéresser les hommes, qu'ils soient fans de voitures, étudiants, sportifs, entrepreneurs, pères de famille ou même grands-pères. Tout le monde sait que les hommes aiment les voitures. C'est presque dans nos gènes.

– Ce sont des voitures puissantes. J'ai aussi noté que chaque véhicule est de taille différente. Vous avez la moto, la voiture deux-places, le pick-up, la berline, le crossover et le monospace. Il y a quelque chose à faire sur les chiffres. Un, deux, trois si on met un chien à l'arrière du pick-up, quatre pour la berline, cinq pour le crossover et six pour le monospace. Ça veut dire que...

– Il y a quelque chose pour tout le monde… déclare Monika en prenant des notes.

– Exactement. Votre campagne doit montrer tous ces éléments pour cibler toutes les classes d'âge et les catégories de population. Vous pourriez également faire une série de publicités plus courtes pour chaque produit et cibler le public concerné. Mais pour l'instant, pour rivaliser avec vos compétiteurs, soit les Américains, les Européens et les hybrides type Tesla, il vous faut plaire à tout le monde.

Monika continue de prendre des notes en hochant la tête.

– Très bien. Et comment proposez-vous que nous procédions ?

– Eh bien, j'aimerais que l'on voie les véhicules maintenant pour avoir une meilleure idée de ce qu'on vend, les essayer, même. Ensuite, je pense que je vais passer un coup de fil à un ami.

– Qui ? demande Bo.

– Pritchard.

– Super, rétorque-t-il sèchement.

– C'est un des meilleurs, ajoute Royce.

– Exactement. Et on manque de temps. S'ils veulent créer une nouvelle campagne en un mois, il va falloir tourner les spots publicitaires cette semaine, préparer les affiches, les salons, etc. On le connaît et il fera tout pour nous aider. Et puis, il a les contacts qu'il nous faut.

La semaine dernière, nous avons de nouveau rendu visite à Mick et Wendy, et j'ai appris qu'en plus d'être le P.D.-G. d'une des plus grandes firmes publicitaires des États-Unis, il possède également des maisons d'édition, des imprimeries, des agences de mannequin, en gros, tout ce qui a trait à la publicité et au marketing, jusqu'à la petite imprimerie spécialisée en cartes de visite.

Mick a besoin de garder le contrôle, il aime qu'un projet soit entièrement à lui, de la première idée au résultat final. C'est sans doute pour ça qu'il est multimilliardaire. Cela dit, on était loin de se douter de l'ampleur de sa réussite, on avait seulement vu le fiancé amoureux et possessif de notre secrétaire. Maintenant que je le connais mieux et qu'il s'ouvre à d'autres personnes que sa femme, je découvre un autre pan de sa personnalité.

– Michael Pritchard ? dit Monika alors que son visage s'illumine. On lui a proposé la mission et il l'a refusée.

Je fronce les sourcils et recule sur ma chaise en posant ma cheville sur le genou opposé.

– Ah bon ? Il vous a dit pourquoi ?

Elle gonfle ses poumons et les vide, comme pour se maîtriser.

– Il y a longtemps de ça, Michael et moi étions ensemble. Et il n'est pas du genre à mêler le plaisir aux affaires.

Voilà qui est intéressant...

– Sans rire ? s'exclame Bo d'un ton plein d'ironie.

– Ce n'est pas un problème, répond Monika en haussant les épaules. Aujourd'hui, je suis mariée et, d'après les rumeurs, il le sera bientôt aussi. Néanmoins, les choses se sont mal terminées entre nous et je doute qu'il vous aide. L'homme que je connais change rarement d'avis.

– Oh, il changera d'avis, ne vous en faites pas, je dis en souriant jusqu'aux oreilles.

– Vous croyez ?

Elle penche la tête sur le côté et ses yeux bleus transpercent les miens.

– Oui. On a un atout à jouer avec Mick.

– Tu vas vraiment faire ça ? demande Royce en secouant la tête. Tu vas parler à Wendy ?

– Seulement s'il nous dit non d'abord.

– Demander à maman si papa dit non ? Ça me plaît, ricane Bo.

– S'il le faut, oui. Mais je ne crois pas en avoir besoin. Mick et moi sommes parvenus à un accord, récemment. Vous verrez.

CHAPITRE 5

– C'est hors de question ! Je te préviens, Ellis, ne fais pas ça. Tu ne sais pas dans quoi tu t'embarques, et je ne vais pas mettre en péril ma relation avec l'amour de ma vie pour une mission avec *IG*, gronde Michael d'une voix ferme.

– Mick, si tu nous aidais, tu rendrais Wendy hyper-heureuse, je réponds.

Et c'est vrai. Je sais que Wendy tient à *International Guy* et à nous. On est comme ses grands frères. Elle serait ravie que son homme travaille avec nous. Et ce qui rend Wendy heureuse rend tout le monde heureux, surtout Mick.

– Tu ne sais pas ce qu'il s'est passé...

– Monika nous a dit que tu avais refusé la mission et que vous aviez été ensemble...

– Cette femme m'a détruit ! rugit-il. Je ne la laisserai pas me remettre le grappin dessus.

Je ferme les yeux en me massant les tempes. *Merde, ça ne se passe pas comme prévu.*

– Bien sûr que non, tu es avec Wendy, tu te souviens ? Et puis, elle est mariée et elle n'a aucune rancune...

– Forcément, c'est moi qui ai rompu avec elle.

– Écoute, c'est un gros contrat pour *IG* et une opportunité pour ta boîte d'être impliquée dans le lancement d'une nouvelle marque de voitures. Ce que fait OhM Motors est novateur, branché et sans précédent, mais on a besoin de ton aide pour réussir. J'ai besoin de ton aide.

– Parker... soupire Michael, tu ne comprends pas.

– Qu'est-ce que je ne comprends pas ? Explique-moi et j'y remédierai. Quoi qu'il se soit passé, je suis doué pour arranger les choses. C'est ce que je fais. Aider les gens, c'est mon truc.

– Tu ne peux pas réparer ce qu'elle a fait. Tu ne connais pas les cercles dans lesquels Monika, Wendy et moi évoluons.

– Je suppose que tu parles de BDSM ? je demande en grimaçant et en faisant les cent pas dans ma chambre d'hôtel.

– D'une certaine façon, oui. Il y a des lignes à ne pas franchir, et elle les a franchies. Il m'a fallu des années pour faire de nouveau confiance à une soumise. Ce n'est qu'en rencontrant Wendy que j'ai choisi de retenter ma chance.

– Mick, j'ai connu une femme qui m'a fait beaucoup de mal. À cause d'elle, je n'ai plus fait confiance à aucune femme jusqu'à Skyler. Et j'ai quand même failli tout foutre en l'air à cause des démons de mon passé. Le meilleur conseil que je peux te donner, c'est de ne pas cacher ça sous le tapis, au contraire. Parles-en avec Wendy, avec moi. Je suis ton ami. Je ne reculerai devant rien pour t'aider. Surtout maintenant, après ce que Wendy a vécu. Mais il ne sert à rien d'ignorer le problème, il finit toujours par te rattraper. La preuve, puisque tu ne peux pas aider un ami qui a besoin de ton expérience.

C'est ma mère qui m'a appris l'art de faire culpabiliser en douceur, et ça marche. J'entends Mick soupirer longuement dans le téléphone.

– Il faut que j'en parle à Wendy. Je la laisserai décider si je vous aide ou pas.

– C'est super, mec. Génial. Merci.

Je sais que Wendy le convaincra de nous aider. Il s'agit d'*IG* et elle est à fond dans l'équipe. Elle me défendra, c'est certain.

– Ne me remercie pas déjà, il faut encore que je lui parle. Je ne sais pas comment elle va réagir.

– Quoi qu'il en soit, j'apprécie que tu envisages de nous aider. Tu sais, tu pourrais me dire ce qui s'est passé, ça t'aiderait à te préparer à en parler avec Wendy.

– Eh merde, gronde Mick. C'était il y a longtemps. J'avais une vingtaine d'années, je sortais de la fac et je gagnais déjà une montagne de fric après avoir monté ma boîte. Même avec un héritage énorme, je voulais construire un empire. Tout a décollé très vite, à tel point que j'ai fini en Allemagne pour ouvrir une succursale. C'est là que j'ai rencontré Monika. Elle est venue travailler pour moi et son intelligence m'excitait. Bien sûr, le fait qu'elle soit canon ne lui a pas fait de mal, tu sais de quoi je parle puisque tu l'as vue.

– Oui, elle est très jolie. Mais ce n'est pas Wendy.

– Personne n'est comme Wendy, répond-il en riant. Je compare le reste de la planète à ma fiancée. Elle est toujours sincère, envers elle-même et les autres, en toutes circonstances. Wendy a une désinvolture qui m'enchante. Je veux la tenir dans ma main et la faire mienne pour toujours. Et je le ferai... mais seulement parce qu'elle m'y autorise, pas parce que je le demande.

Ses paroles me font penser à Skyler. Ma vie est différente, maintenant qu'elle en fait partie. Notre engagement réciproque n'a jamais été plus solide, et je ferai tout pour le protéger.

– Wendy est unique en son genre. Je comprends que tu veuilles la protéger. Mais tu ne peux pas lui cacher ton passé ni l'empêcher de ressurgir de temps en temps. J'ai appris ça à mes dépens, récemment. Je suis sûr que Wendy t'a parlé de Johan.

– Ouais, elle n'en dormait plus, soupire-t-il. Elle est soulagée que tout se soit arrangé. Moi aussi, d'ailleurs. J'aime beaucoup Skyler. Sa générosité de cœur me fait penser à Wendy.

– Oui, je suis d'accord. Mais revenons à Monika. Tu allais m'expliquer pourquoi l'idée de travailler avec elle t'était insupportable.

J'entends Michael se déplacer dans son bureau, chez lui, et je l'imagine se servir dans une des carafes en cristal, s'asseoir derrière son bureau et regarder son domaine par la fenêtre.

– On est restés ensemble cinq ans. Elle était ma soumise. En BDSM, il est courant de se rendre dans des clubs privés et de se mélanger avec d'autres couples. Monika était téméraire. À la maison et au travail, elle était sage, réservée, aimante, affectueuse et soumise. Au club, c'était une tout autre personne. Elle aimait se taper de nombreux mecs. Il y en avait un en particulier, le propriétaire, qui s'était entiché d'elle. Un soumis peut accepter d'être avec un autre partenaire, mais c'est le dominant qui prend la décision finale. Et moi, j'aimais de moins en moins partager. J'avais appris que ce n'était pas mon truc, de la même façon que je ne pousserai jamais ma soumise à aller au-delà de ses limites simplement parce qu'elle est à ma merci.

Oh, non... Je n'aime pas la tournure que prend cette conversation. Quelque chose me dit que c'est trop d'infos, mais c'est moi qui l'ai forcé à parler, je ne peux pas faire marche arrière maintenant.

– Mmm... hmmm, ça me semble raisonnable, je dis alors que je n'ai pas la moindre idée de ce dont je parle.

– Dans une relation dominant-soumis, la clé est la confiance. Sans ça, les jeux physiques et psychologiques ne procureraient de plaisir à personne. Monika aimait qu'on la fasse saigner, mais je ne voulais pas lui faire de mal comme ça. Je ne veux pas laisser de cicatrices sur le corps de la femme que j'aime. Ce que je ne savais pas, c'est qu'elle avait commencé à voir le patron du club dans mon dos, et lui, il n'avait pas les mêmes scrupules que moi. Elle me mentait et elle allait au club quand j'étais en voyage d'affaires. Ça a duré quelque temps, jusqu'à ce qu'elle me trahisse d'une façon inexcusable.

– Merde, Mick, je suis désolé. Tout ce que je peux dire, c'est que je te comprends. Vraiment.

– Je sais, sinon tu n'aurais pas eu les problèmes que tu as eus avec Skyler. Bref, Monika a été plus loin qu'une trahison physique et sentimentale. Elle est tombée enceinte et elle a voulu me faire croire que j'étais le père. Mais les dates ne collaient pas. J'étais parti trois semaines durant la période où l'enfant a été conçu.

– Putain...

Je me lève et fais les cent pas, furieux. Moi qui croyais que Kayla était tordue ! Elle n'a quand même pas essayé de me faire reconnaître un enfant qui n'était pas de moi !

– Quand le bébé est né, j'ai fait un test de paternité et il n'était pas de moi, comme je m'y attendais.

Je soupire longuement et m'efforce de me calmer.

– Mick... c'est vraiment tordu. Tu sais que Wendy ne te ferait jamais ce genre de chose.

– Je sais ! s'exclame-t-il en riant. C'est pour ça que je lui ai mis un collier en plus d'une bague au doigt !

– Parce qu'un un collier est plus important qu'une bague ? C'est ce que j'avais cru comprendre quand elle a découvert qu'ils le lui avaient coupé à l'hôpital. Elle n'avait que faire de la bague.

– Dans notre milieu, le collier signifie que je l'ai faite mienne. Et le fait qu'elle accepte de le porter tous les jours implique qu'elle s'est donnée à moi corps et âme. Une bague n'est qu'un symbole, mais je dois avouer que j'ai hâte d'avoir un document légal qui nous unit. Je l'encadrerai sur mon mur et le regarderai tous les jours pour me rappeler qu'il y a sur cette terre une personne qui est à moi et à qui j'appartiens en retour. Tu comprends ?

J'ai la gorge nouée et je mets plusieurs secondes à lui répondre.

– Ouais, je te comprends, mec. Alors, tu vas tout lui dire et me retrouver en Allemagne pour me filer un coup de main ?

– Oui. Maintenant que je t'en ai parlé, la situation me paraît moins grave. Cela dit, je ne promets pas que de vilains sentiments ne surgiront pas en voyant Monika.

Si j'étais à côté de lui, je lui mettrais une tape sur l'épaule pour lui témoigner mon soutien.

– Je serai là pour toi. En tant qu'ami. Comme quelqu'un qui tient à toi et à Wendy et à votre avenir ensemble.

Un silence pesant s'installe et Mick finit par se racler la gorge.

– Je comprends pourquoi elle t'aime.

– Qui ? Skyler ?

– Non, répond-il en riant. Wendy. Tu es sincère et tu penses ce que tu dis. C'est rare de nos jours et encore plus chez un homme d'affaires.

– Ouais, eh bien, je préfère mener mes affaires comme je mène ma vie... en faisant confiance à mon cœur. Je sais que ça paraît ringard, mais...

– C'est pour ça que tu réussiras, dit Michael. Bon, je te laisse, je vais parler à ma chère et tendre. Elle a sans doute rendu folle son infirmière en l'obligeant à regarder l'intégrale d'*Amour, gloire et beauté*.

– Mince !

– Comme tu dis. Merci pour ton appel, Parker. Je te tiens au courant.

– Eh...

– Oui ?

– Dis-lui qu'elle me manque.

Un nouveau silence s'installe, puis il me répond calmement.

– Comme tu voudras.

Je raccroche, jette mon téléphone sur mon lit et me passe la main dans les cheveux. Je ne tiens plus en place après ce qu'il m'a raconté. Bon sang, qu'est-ce que je viens de lui demander ? De revoir une ex qui l'a traité comme un moins-que-rien. Une ex qui lui a menti, qui l'a trahi.

Je suis un enfoiré. Un véritable enfoiré. Merde !

Mon téléphone vibre et je suppose que c'est Royce ou Bo qui veulent aller manger un bout ou boire un verre. Plusieurs verres seraient les bienvenus, en fait. J'ai besoin de mettre de côté cette histoire entre Mick et Monika pour me concentrer sur la campagne à venir.

Je saisis mon téléphone pour ouvrir mes messages et je ne peux m'empêcher de sourire en voyant le surnom de mon frère s'afficher.

À : Parker Ellis
De : Pretty Paul[3]

Suis à Berlin. Au Reingold, Novalisstrasse 11. Retrouve-moi pour un verre.

Yes !

Je souris jusqu'aux oreilles. Mon frère est en ville ! J'ai hâte de le voir. Je regarde sur Internet et découvre que je peux y être très vite.

À : Pretty Paul
De : Parker Ellis

Suis là dans vingt minutes.

Je fais le tour de ma chambre pour attraper ma veste, mon portefeuille et ma clé lorsque mon téléphone vibre de nouveau.

À : Parker Ellis
De : Pretty Paul

Viens seul. Je veux parler de frère à frère.

3. Joli Paul.

Je fronce les sourcils. Je n'avais pas forcément prévu d'inviter Royce et Bo, mais il était toujours ravi de les voir par le passé. Il les aime autant que moi, ce qui rend sa demande bizarre. Cela dit, ça fait deux ans que je ne l'ai pas vu. Peut-être qu'il veut juste prendre des nouvelles de la famille.

Je mets quelques secondes à coiffer les boucles qui font leur apparition quand mes cheveux sont trop longs. J'aurais dû les couper à Boston, mais j'ai passé tout mon temps avec Skyler et à me tenir au courant des nouvelles d'*IG*. D'ailleurs, ça me fait penser qu'il faut que j'appelle ma nana.

Je sors de l'hôtel, prends l'ascenseur et hèle un taxi dans la rue. Une Audi noire s'arrête et je monte à l'arrière.

– Novalisstrasse 11. Au *Reingold*, s'il vous plaît, je dis au chauffeur en m'efforçant de bien prononcer les mots.

Apparemment, il me comprend. Conscient que j'ai quinze minutes devant moi, je sors mon téléphone de ma poche et appelle Skyler.

– Tu ne devineras jamais quoi ! s'exclame-t-elle.

– Quoi ? je réponds en souriant, ravi d'entendre sa voix.

– Le thème que Wendy a choisi pour le mariage est un mélange de jaune canari avec des touches de vert et de blanc. Ce n'est pas bizarre ? Et génial ? Elle veut des marguerites et des œillets, et des énormes gerbéras jaunes. Ça va être ouf.

– Ouf ? je répète en riant, tout en regardant défiler les rues de Berlin.

– Tellement ouf ! Bref, comment tu vas ? Et les mecs, tout le monde va bien ?

Je ferme les yeux et savoure le fait d'avoir quelqu'un qui me demande comment je vais, s'inquiète pour moi, et qui est à l'écoute. C'est ça, l'amour. Je vois soudain Skyler, nue, dans son lit. Ok, c'est aussi *ça*, l'amour. Je comprends que Mick ait envie de se lier légalement à Wendy.

Il y a sur cette terre une personne qui est à moi et à qui j'appartiens en retour.

Les paroles de Mick reviennent me hanter.

– Ouais, ma pêche, je vais bien. Les mecs aussi. Mais tu ne devineras jamais qui m'a contacté.

– Qui ? s'inquiète-t-elle.

– Mon frère, Paul. Il est à Berlin Je suis en route pour le retrouver.

– Mon Dieu ! C'est génial, chéri. Je sais que tu t'inquiétais pour lui.

– Mais c'est un peu bizarre, son mail m'a surpris. D'habitude, il m'aurait appelé. Et aussi, il a mentionné plusieurs fois qu'il voulait me parler de quelque chose.

– Tu crois qu'il a envie de quitter l'armée ? Peut-être qu'il cherche un endroit où rester quelque temps ? Si c'est le cas, il peut s'installer chez toi et tu viendras ici. En tout cas, on fera tout pour qu'il soit bien. Il peut aussi occuper une de mes chambres d'amis, ici.

– Je t'aime. Est-ce que je te l'ai dit, aujourd'hui ?

– Non, et je ne me lasse jamais de l'entendre. Je t'aime aussi. Pourquoi tu as l'air si triste ?

– La journée a été bizarre, je soupire. Mais je n'ai pas trop envie d'en parler. Et toi ? Comment tu vas ? Qu'est-ce que tu fais ? Et où es-tu ?

– Je suis à New York. Là, je suis avec Tracey, au Marriott Marquis, à Broadway, pour rencontrer la presse. On finit de manger avant de remettre le couvert. Oh, tu ne sais pas !

– Quoi ?

– Notre couverture de livre a été révélée aujourd'hui ! Le troisième tome est déjà un best-seller et il ne sort que dans deux mois ! Geneva est folle de joie.

Je souris jusqu'aux oreilles en entendant l'enthousiasme de ma nana.

– C'est génial, bébé.

– Mais oui ! Et ce n'est pas tout !

– Quoi ? je réponds en riant.

– Je vais auditionner pour le rôle de Simone Shilling ! D'ailleurs, je crois que la trilogie va se transformer en saga parce que Geneva a dit à son agent, Amy, qui a dit à Tracey, que le troisième livre était long, ça veut dire deux films. Il y aurait quatre films à la suite ! Oh, et ce n'est pas fini !

– Dis-moi, ma pêche, je suis tout ouïe.

– Ils vont tourner le film sur la côte Est, donc je serai à New York. Geneva leur a dit qu'elle cherchait un bar douillet pour incarner celui où Dean travaille, et je leur ai parlé du *Lucky's*. Apparemment, les gars de la production vont y aller pour jeter un œil. Tu y crois, toi ? Ils vont filer un énorme chèque à ton père pour qu'il les laisse filmer quand ils en ont besoin, et ils peuvent le faire le matin, quand il est fermé de toute façon.

– C'est cool.

– Tu as entendu ce que j'ai dit ? s'agace-t-elle face à mon manque d'enthousiasme.

– Oui, oui, j'ai entendu. C'est génial. Je suis super-content. Pour toi et pour moi.

– J'espère bien, oui, je suis folle de joie. Comment ça se passe avec les voitures ?

Je secoue la tête, même si elle ne peut pas le voir.

– C'est... bien. On a du pain sur la planche, mais on y arrivera.

Le taxi s'arrête devant une vieille porte rouillée au-dessus de laquelle un néon blanc indique que nous sommes au *Reingold Bar*.

– Ma pêche, je suis arrivé, je vais devoir raccrocher. Amuse-toi bien avec la presse. Je t'appelle demain, vers midi, heure de New York. On a six heures d'avance, donc écris-moi si tu veux qu'on se parle, au cas où je dors, je dis en payant le chauffeur avant de descendre du taxi.

– D'accord, chéri. Je t'aime, murmure-t-elle d'une voix suave et sexy.

– Je t'aime, Sky. Tu n'imagines pas à quel point.

– Rêve de moi, chéri.

– Comme toujours, je réponds sans mentir.

J'étudie le bâtiment avant de tirer la porte vers moi. L'intérieur est un monde à part. La salle est sombre, éclairée par de petits néons rouges et blancs placés au pied des murs, dont certains sont couverts de plaques de cuivre. Le mobilier est en bois et en cuir, et des tables hautes en fer forgé offrent davantage de place que des box. Le bar est déjà bondé, et il est encore tôt.

Je parcours la foule des yeux à la recherche d'un type d'environ un mètre quatre-vingt-dix, baraqué, en tenue militaire. Je m'arrête sur un homme avec un dos musclé et une tête rasée sur laquelle on devine de courts cheveux bruns, la mâchoire carrée, vêtu d'un pantalon à l'imprimé camouflage, de rangers et d'un T-shirt noir à manches longues.

Il est en train de parler à un homme à sa droite quand il tourne la tête vers moi. Ses yeux marron plongent dans les miens et je prends quelques secondes pour regarder mon frère, en vie et en bonne santé. Ici, à quelques pas de moi. Paul descend de son tabouret et ouvre grand les bras.

– Parker, ramène ton cul ici ! dit-il.

Je me précipite vers mon grand frère et me jette si fort contre lui qu'il fait un pas en arrière.

– Putain, putain, putain, je chante alors qu'une joie immense s'empare de moi.

Il sent le cuir et la crème solaire et un parfum qui lui est si unique que j'en ai les larmes aux yeux.

Il me frappe dans le dos et me serre fort, puis il recule pour prendre mon visage dans ses mains et me regarder.

– Ta tronche m'a manqué, Park. Mon frère. Mon petit frère. En chair et en os.

– Deux ans, Paul. C'est trop long, je dis d'une voix tremblante.

Je me racle la gorge. Lui hoche la tête et continue de me taper dans le dos.

– Je sais, je sais. Allez, viens boire une bière avec moi.

J'empoigne son bras pour maintenir un contact physique et je réalise qu'il est dur comme fer et super-gonflé, comme un bodybuilder professionnel.

– Bon sang, mec, tu passes tes journées à la salle de sport ?

– J'ai jamais été en meilleure forme, répond-il en me souriant. Il n'y a pas grand-chose à faire quand on attend les ordres et qu'on est planqué au milieu de nulle part.

– C'est pas faux, je dis en levant la main pour faire venir le barman. Une bière s'il vous plaît, locale, si vous avez.

– Tu cherches toujours les bières locales, alors ? dit Paul en riant. Papa doit être fier.

– Il aime découvrir des nouveautés, et je bois gratuitement dans son bar, c'est le moins que je puisse faire.

– De mon point de vue, c'est toi qui as acheté le bar, tu mérites d'y boire gratos, répond Paul, surpris.

– Mais non, il nous a élevés et il a pris soin de maman et de nous. Il mérite d'être son propre patron.

Paul inspire longuement avant de me frapper dans le dos.

– Je suis vraiment content de te voir, Park.

– Moi aussi. Tu es là pour un moment, n'est-ce pas ?

– J'ai rempli mon contrat, répond-il en hochant la tête. Ça fait douze ans, maintenant. Je repartirai peut-être quatre ans, mais je pense que les forces spéciales sont finies pour moi. Peut-être même l'armée en général.

– Sans rire ? je m'exclame, surpris.

Mon frère a voulu être dans l'armée toute sa vie. Dans les forces spéciales, les meilleurs. Et à en croire toutes ses médailles, il était très doué, en plus.

– Pourquoi tu envisages d'arrêter ?

Il prend sa bière dès que le barman la pose sur le comptoir. On boit tous les deux quelques gorgées en savourant d'être de nouveau réunis après deux ans. Il pose son verre et lorsqu'il tourne la tête vers moi, son regard est on ne peut plus sérieux.

– J'ai envie de me poser.

Je suis à deux doigts de lâcher mon verre.

– Tu as rencontré une femme ! Maman va être folle de joie. Entre Skyler et moi, et le fait que tu as trouvé une nana sympa à ramener à la maison... Elle va aller à l'église deux fois par semaine pour remercier le Ciel que ses fils aient enfin décidé de grandir et de se caser.

Paul ne dit rien, se contentant de me regarder d'un air lugubre.

– Tu vois, c'est pour ça qu'il fallait que je te parle. Je ne ramène pas une nana sympa à la maison. Je ramène un mec sympa. Mon mec. Dennis Romoaldo.

CHAPITRE 6

– Je suis désolé, tu peux répéter ? J'ai mal compris.

– Tu m'as parfaitement compris, Park. Tu n'as simplement pas envie de comprendre.

Je le dévisage une minute en clignant bêtement des yeux. Je dois avouer qu'il est patient, car il me laisse encaisser ce qu'il vient de dire sans broncher. Il a sans doute appris ça dans les forces spéciales.

Mon frère est gay.

– T'es gay ?

– Gay, bi, appelle ça comme tu veux, marmonne-t-il.

– T'es bi ? je dis encore plus fort.

Je réalise que je suis en train d'étaler sa vie privée dans le bar, à voix haute, et je me rapproche de lui pour chuchoter.

– T'es bisexuel ?

– Ouais. J'aime les femmes et les hommes. J'ai connu les deux et j'aime les deux. Les deux me font bander. Et en ce moment, celui qui me fait bander s'appelle Dennis. Je l'ai rencontré il y a un an en Amérique du Sud.

Je l'ai revu chaque fois que j'étais en permission, et maintenant on est officiellement ensemble. D'ailleurs, il est ici. À l'autre bout du bar.

Paul fait un signe à un type assez pâle, avec des cheveux bruns et des yeux marron. Il est vêtu d'une veste bleu marine avec des coudières beiges et il porte des lunettes à bords noirs très branchées. Il sourit jusqu'aux oreilles et cela semble naturel. Il salue mon frère, mais il ne vient pas vers nous et je lui en suis reconnaissant.

J'inspire profondément et expire lentement.

– Ok. Donc t'es bi, je déclare en haussant les épaules et en prenant le temps d'accepter cette révélation.

Paul me regarde, je sais qu'il essaie de lire sur mon visage ce que je pense vraiment de la nouvelle.

– Je comprendrais que ça ne te plaise pas. Je ne suis pas sûr que maman et papa l'acceptent, mais c'est ainsi, et tu sais que je n'aime pas me cacher... enfin, sauf de mes ennemis, plaisante-t-il pour détendre l'atmosphère.

– Frangin, ça n'a pas à me plaire ou à me déplaire, je dis en posant ma main sur son épaule.

Il serre si fort son verre que ses phalanges en deviennent blanches.

– Je comprends que tu préfères éviter le sujet, commence-t-il. Je suis désolé si ça change ton opinion de moi. Je reste ton frère, mec, mais ma relation avec Dennis est sérieuse.

Mon cœur bat la chamade et j'agite mes mains, vexé par ce qu'il insinue.

– Hop là, je t'arrête tout de suite. Comment tu peux croire que ça me poserait un problème ? Paul, tu es mon frère. Tu es mon héros, putain. Je t'ai vénéré toute ma vie ! Je me contrefiche que tu t'envoies en l'air avec un homme.

Il recule la tête et se tient plus droit, choqué.

– T'es sérieux ? Tu ne... tu ne me perçois pas différemment ? demande-t-il en regardant son verre.

– Ben, non. Tu vis dans quel siècle, mec ? Moi je vis au XXIe siècle, et les hommes et les femmes peuvent être avec qui ils veulent. Tant que tu ne cours pas après ma nana, tu fais ce que tu veux.

Paul regarde le plafond, dénoue ses épaules et se tourne vers moi en ouvrant les bras. Je n'ai pas le temps de réagir, car il m'attire contre son torse musclé et me frappe si fort le dos que j'en tousse.

– Dieu merci, Dieu merci, chuchote-t-il en secouant la tête. J'étais mort de trouille.

– Pourquoi tu me pensais si fermé d'esprit ? C'est vexant, mec.

– Mais non, c'est juste que beaucoup ont eu du mal à l'accepter autour de moi. Mon coéquipier, sur le terrain...

– Kenny ?

– Ouais. Eh bien, il ne l'a pas si bien pris. Il nous a surpris, Dennis et moi, euh... tu vois de quoi je parle...

Je hoche la tête en souriant.

– Et il m'a fait savoir, en me crachant sur les pieds, ce qu'il pensait de mon orientation sexuelle avant d'exiger un autre coéquipier.

– Quel enfoiré ! je gronde en grimaçant.

– C'est comme ça, répond Paul en haussant les épaules. Il était cool jusqu'à ce qu'il ne le soit plus. On ne sait jamais comment les gens vont réagir et je... Putain, Parker, je n'aurais pas supporté que tu changes d'avis sur moi. Kenny, je peux faire une croix dessus, mais toi... tu es mon sang. Ma famille. Ce que tu penses est important.

– C'est pour ça que tu ne voulais pas que les mecs viennent avec moi ?

– En partie, oui, et parce que je voulais te le dire en privé et te présenter Dennis avant de le ramener à la maison.

J'imagine nos parents assis avec Paul et Dennis, apprenant qu'ils sont ensemble, et je ne peux m'empêcher d'éclater de rire.

Paul boit une gorgée et me regarde en souriant.

– Tu crains... dit-il en me mettant un coup de poing dans le bras.

– Aïe, putain, mec ! Arrête de me tabasser, j'ai besoin de mes bras ! Tu fais mal ! je râle en me massant.

Paul arrête de sourire et me regarde sérieusement.

– Alors, ça ne te dérange vraiment pas ?

– Pas du tout. Tu peux être en couple avec qui tu veux. Du moment que tu ne touches pas à Sky, tout ira bien.

– Ah ouais, c'est vrai ! Mon petit frère se tape la star la plus prisée d'Hollywood ! Mec, ça fait des années que j'ai pas remis les pieds aux États-Unis et que je n'ai pas vu de magazine people, et même moi je sais la chance que tu as de te taper une bombe comme ça. Alors, c'est un truc sérieux ou juste un coup d'un soir ?

– Elle est tout pour moi, mec, je dis en souriant comme un imbécile. Elle est la première personne à qui je pense en me réveillant et la dernière en me couchant. Je suis fou amoureux. Et elle vient de louer un appart à Boston. C'est une grande avancée dans notre couple.

– Waouh. Mon frère s'est fait mettre le grappin dessus par une superbe actrice. Tu choisis déjà les bagues ?

– Non, on prend notre temps. Ce n'est pas évident parce qu'on voyage beaucoup tous les deux et qu'on est toujours observés. Ça complique un peu les choses. Tu verras, quand tu la rencontreras à Boston.

– J'ai hâte, dit-il en levant son verre pour trinquer avec moi. T'es prêt à faire la connaissance de Dennis ?

– Tu veux présenter ton mec à ta famille ? C'est sérieux à ce point ?

– Ouais, répond-il en rougissant. Je n'ai jamais ressenti ça avec personne. Ça a été le coup de foudre au premier regard et ça n'a pas changé.

– Ça s'appelle de l'amour, frangin. Tu es amoureux.

À l'autre bout du bar, l'homme boit patiemment sa bière en regardant son téléphone. Il lève la tête, voit Paul et sourit. Ils n'ont d'yeux que l'un pour l'autre.

– Ouais, t'as raison. Je l'aime. Je n'avais jamais pensé être amoureux d'un homme, mais... faut croire que tout est possible.

– Absolument. Allez, ramène-le, je veux rencontrer celui qui a volé le cœur de mon frangin.

Paul sourit, descend de son tabouret et m'empoigne par la nuque pour m'embrasser sur le front.

– Tu m'as tellement manqué. Il n'y a rien de mieux que de retrouver son frère. Je t'aime, Park.

Je ferme les yeux et réalise que je suis avec mon frère, qui est en vie et en sécurité dans un bar de Berlin. Je lève la tête, pose une main sur sa joue, puis la tapote doucement.

– Je t'aime aussi, Paulo. Maintenant, va chercher ton mec.

Il me fait un clin d'œil et se dirige vers l'autre bout du bar, le pas léger. J'observe la scène et vois les deux hommes se regarder, les yeux dans les yeux, ignorant les regards de toutes les femmes de la salle.

Mon frère s'assied à côté de Dennis et le prend par la taille. Je n'en reviens pas qu'il ait été inquiet de me dire qu'il était gay, enfin, bi, mais peu importe. Si mon frère est heureux, qu'il aime quelqu'un et qu'il est aimé en retour, je le soutiendrai coûte que coûte. Maintenant que j'ai Skyler, je ne sais pas comment je ferais pour vivre sans elle. Si mon frère a la chance de connaître la même chose avec Dennis, je serai le premier à les féliciter.

En revanche, je suis dégoûté à propos de Kenny. Je donnerais tout pour avoir cinq minutes avec cet enfoiré et lui dire ce que je pense. Non seulement mon frère est courageux de risquer sa vie tous les jours au combat mais il a dû lui falloir une bravoure énorme pour faire son coming out auprès de moi. Et il va devoir recommencer avec maman et papa.

Je ne pense pas qu'ils seront déçus ou en colère. Ce n'est pas ainsi qu'ils nous ont élevés, heureusement. Je sais que tout le monde ne l'accepterait pas, mais j'aime croire que la société est en train de changer. Coucher avec un homme ou une femme est une préférence personnelle, et l'avis des autres n'a aucune importance. Mes parents accueilleront Dennis à bras ouverts. Cela dit, je sais que ma mère grondera Paul d'avoir bientôt trente-deux ans sans perspective de progéniture. Or, maintenant qu'il est avec un homme, elle va changer de tactique, elle va se tourner vers Sky et moi.

Je vois soudain Skyler enceinte de mon enfant. Nous sommes assis sur un porche, face à une vaste étendue d'herbe. Le pire, c'est que je m'y vois parfaitement. Pas aujourd'hui ni demain, peut-être même pas dans un an, mais je m'y vois. Un jour.

Je me demande si Sky pense à avoir des enfants avec moi. On a parlé de ma grand-mère et de sa tradition, l'idée de fonder une famille avec moi semblait lui plaire, mais on n'en a pas parlé sérieusement.

Est-ce qu'elle en voudrait bientôt, disons dans un an ou deux, ou beaucoup plus tard?

J'aurai trente ans dans un mois. Elle a quelques années de moins que moi et elle a le temps, et c'est sans parler de sa carrière qui est à son sommet. Elle serait folle de prendre du recul pour avoir une famille. Toutefois, mieux vaut qu'on en parle, histoire qu'on soit sur la même longueur d'onde. Je me vois parfaitement avec des enfants aux grands yeux caramel et avec le caractère en or de Skyler.

Mon téléphone vibre alors que je vois mon frère commander une autre tournée et venir vers moi avec son homme.

Je regarde l'écran et grince des dents.

À : Parker Ellis
De : Inconnu

L'ABSENCE ATTISE L'AFFECTION. TU ME MANQUES.

– Putain ! je gronde au moment où mon frère arrive.

– Tu as l'air sur le point d'étrangler quelqu'un, qu'est-ce qui se passe ?

Il regarde à droite et à gauche, autour de nous, cherchant une menace potentielle.

– T'en fais pas, j'assure tes arrières, dit-il, m'arrachant un rire agacé.

– C'est rien. Ne t'inquiète pas. Bon sang, c'est cool de te retrouver.

– Ouais, je suis content d'être rentré. J'ai quelqu'un à te présenter, petit frère.

Il me tend un verre et il prend son mec par la taille. Dennis est plus petit que lui, musclé, et s'habille bien. Sa veste est assortie à un jean bleu foncé et il porte des mocassins en daim beige, sans chaussettes.

– Voici mon mec, Dennis Romoaldo.

Dennis remonte ses lunettes sur son nez et me sourit gentiment.

– Bonjour, Parker. Je suis ravi de te rencontrer. Paulo parle sans cesse de toi et de sa famille, et il est très fier de tout ce que tu as accompli si jeune, dit-il avec un accent que je n'ai jamais entendu auparavant.

– J'entends un accent, je peux te demander d'où tu viens ?

– Bien sûr, répond-il alors que son visage s'illumine. Je viens de Rio de Janeiro, la plus belle ville du monde.

– Brésilien, alors ? je dis en jouant des sourcils et en bousculant mon frère.

Paul regarde son mec de la tête aux pieds.

– Tu n'as pas idée, petit frère.

J'éclate de rire et je désigne les tabourets à côté du mien.

– Assieds-toi entre nous, Dennis, je veux apprendre à te connaître.

Il sourit lorsque mon frère, en parfait gentleman, recule son siège avant de s'asseoir à sa droite.

– Très bien, alors d'abord, je veux savoir comment vous vous êtes rencontrés.

– Eh bien, j'étais posté au Brésil, répond Paul. On s'est rencontrés par le biais d'un ami commun et... disons que c'était une nuit de débauche. Denny a passé la soirée à faire le timide et moi j'étais venu avec une nana canon, du nom d'Andrea. Au départ, j'étais plutôt parti pour la séduire... jusqu'à ce qu'on la drague tous ensemble, raconte-t-il en riant. J'avais soixante-douze heures de permission, et la nana était sexy. Elle nous a tous invités à rentrer avec elle, et les choses ont dérapé. Denny et moi nous sommes éclatés pendant que les deux autres baisaient comme des lapins. Et depuis, on s'est vus chaque fois qu'on a pu. N'est-ce pas, bébé ?

Je regarde Dennis rougir jusqu'aux oreilles. Paul passe un bras dans son dos et le caresse de haut en bas, sans y penser, cherchant à le mettre à l'aise après avoir révélé une histoire très personnelle.

– Oui, *pistola*[4]. Mais tu aurais pu te contenter de dire qu'on s'est rencontrés grâce à un ami commun. Tu aurais pu être plus... discret.

Son accent anglais est très soutenu, ce qui me surprend.

– Tu parles très bien anglais, Dennis. Tu l'as appris à l'école ?

– Oui, mais aussi avec un professeur particulier. Ma famille travaille dans l'import-export, donc il nous faut parler parfaitement anglais.

– Eh bien, c'est réussi, je dis en le frappant dans le dos.

Mon geste est spontané, mais je vois les deux hommes se sourire.

– Je t'avais dit qu'il t'aimerait, dit Paul.

– Attends une seconde, je dis en levant les mains. Calme-toi un peu. Il n'a pas encore dit quelle était son équipe de base-ball préférée, et mon amour est réservé aux véritables...

– J'aime les Red Sox et les Patriots, s'empresse de dire Dennis avant que j'aie fini ma phrase.

Paul éclate de rire et je le regarde dans les yeux.

– C'est toi qui lui as dit de dire ça.

– Ouais, avoue-t-il en riant.

– C'est pas grave, ça compte quand même, je dis en ouvrant les bras. Bienvenue dans la famille, Dennis.

◆ ◆ ◆

De retour à l'hôtel, je transfère le dernier message « Inconnu » à Nate, qui m'appelle aussitôt.

4. En portugais dans le texte. Revolver.

– Yo !

– Mes recherches n'ont abouti à rien, dit-il. Ça m'ennuie de le dire, mais cette personne est maligne. Elle utilise un téléphone prépayé différent après deux envois. Parker, soupire-t-il, j'aimerais demander à Wendy de me filer un coup de main.

Je contracte ma mâchoire, conscient que j'ai déjà demandé à son mec de m'aider sur ma mission.

– Mec, tu sais qu'elle est en convalescence.

– Je sais, et je comprends. Sauf que d'après Skyler, elle va super-bien. Pire que ça, elle s'ennuie. Elle harcèle Skyler avec des trucs de mariage, parce qu'elle n'a rien d'autre à faire. Rachel a même dû filtrer quelques appels. Elle aime beaucoup Wendy, mais elle n'aime pas être distraite quand elle est en mission. Ça la rend nerveuse et effrontée. Parker, tu ne veux pas voir ma femme quand elle est effrontée.

Je ravale mon inquiétude et me concentre sur ce que dit Nate.

– Vous êtes où, là ?

– Skyler et Rachel se la collent.

Je cligne plusieurs fois des yeux, puis j'enlève mes chaussures et déboutonne ma chemise.

– Je te demande pardon ? je demande en riant.

– Tu m'as compris. On est chez nous. Elles ont englouti une énorme pizza, accompagnée de grandes quantités de margaritas. Et maintenant, elles font une bataille de shots de tequila, explique-t-il alors que j'entends des cris et des rires en arrière-plan. Quand l'une des deux perd, elle doit boire. Autant te dire que ça fait longtemps qu'elles ne sont plus sobres.

– Mince, je dis en sortant ma chemise de mon pantalon et en me rendant dans la salle de bains.

– Tu n'as pas idée... répond-il avant de continuer à voix basse. Mais ne t'en fais pas, elle va dormir chez nous. Je ne veux pas qu'elle soit seule, même si elle doit passer une bonne partie de la nuit aux toilettes. Je m'occupe d'elle.

Je souris et m'appuie contre le miroir.

– Je peux lui parler, une seconde ?

Savoir qu'elle est là me fait mourir d'envie d'entendre sa voix.

– Ouais, mais sérieusement, tu ne veux pas que je parle à Wendy ?

Je mets le haut-parleur et lis le message que j'ai reçu.

L'ABSENCE ATTISE L'AFFECTION. TU ME MANQUES.

Je frissonne et enlève le haut-parleur.

– Si... merde, je dis en me passant la main dans les cheveux. Mais vas-y doucement. Tu n'as qu'à l'inviter à déjeuner pour en parler. Si elle pense pouvoir t'aider, elle le fera, mais n'insiste pas. Tu as eu des nouvelles de Tracey ?

– Ouais, et ça ne va pas te plaire. Je voulais t'en parler en face à face...

– Mais non, si tu sais quelque chose qui implique Sky, il faut que tu m'en parles tout de suite.

– Ce n'est rien de catastrophique, mais j'ai des doutes.

– C'est-à-dire ?

Il soupire, je l'entends s'éloigner de Rachel et Skyler.

– Tracey dit que Skyler a une dizaine de fans qui lui écrivent régulièrement, qui lui envoient des cadeaux, etc. Son équipe ne répond jamais. La nature des courriers n'est pas vraiment agressive. J'ai relu les messages que Skyler a reçus, ils commençaient par « Je nous croyais amies » avant de devenir plus acerbes, comme si Skyler faisait autre chose que de ne pas répondre aux sms.

Les messages disaient « Pourquoi tu m'ignores tout le temps ? », puis « Tu te crois meilleure que tout le monde », mais ensuite, quelque chose a changé.

– Quoi ?

– Skyler et toi avez reçu le même message.

– Et ça veut dire quoi, à ton avis ?

– Je ne suis pas expert en la matière, mais elle semble avoir pardonné à Skyler. Soudainement. Cela dit, vous êtes de nouveau séparés. Je ne sais pas si vous manquez tous les deux à l'expéditeur, ou si cette personne sait que vous vous manquez l'un l'autre.

– Ça pourrait être les deux. On ne sait jamais, quand on a affaire à un malade mental.

– Mais cette personne a vos numéros personnels, sans jamais vous avoir contactés de façon confidentielle.

Le mot confidentiel me fait penser à quelque chose.

– Merde, je siffle.

– Quoi ? Qu'est-ce que tu ne me dis pas ?

– Putain, j'ai reçu un courrier au bureau. C'était bizarre, mais je n'ai pas fait le rapprochement jusqu'à présent. Ça disait « elle est moi », ou « je suis elle », je ne sais plus. Attends... je dis en fouillant dans ma mémoire, revoyant le moment où j'ai ouvert le courrier. Ça disait les deux : « Je suis elle. Elle est moi. » Oui, c'est ça.

– Parker, cette personne semble atteinte d'un trouble dissociatif. J'ai vu ça dans l'armée. Ces gens sont imprévisibles et leurs objectifs peuvent changer d'un moment à l'autre. En gros, elle insinue qu'elle et Skyler sont la même personne. Mais les messages qui ont suivi étaient passifs, puis colériques, et maintenant ils sont gentils. La situation peut s'aggraver, gronde-t-il. Il faut que je repasse en revue le courrier de Tracey pour voir si je peux trouver des ressemblances dans l'écriture des courriers et des sms. Je veux une copie de la lettre que tu as reçue. Tu l'as toujours ?

– Ouais, je l'ai laissée au bureau. Je vais appeler Annie et lui dire de te la faxer.

– Ok, merci. Je vais appeler Wendy et fixer un rendez-vous avec elle.

Mon ventre fait un saut périlleux, mais je connais Nate. Il ne profitera pas d'une femme qui souffre. Si elle va bien, il lui en parlera, sinon il fera une croix dessus.

– Je peux parler à Sky ?

Les voix deviennent plus fortes, j'imagine qu'il les a rejointes.

– Skyler, Parker au téléphone.

– Youpi ! Le plus beau des plus beaux ! Youpi, je vais parler à mon sexy Parker.

Je ris en attendant.

– Elle est là ?

– Non, elle fait une petite danse, grommelle Nate.

– Vas-y, meuf ! Bouge ton boule ! s'écrie Rachel.

– Sky, il t'attend, dit Nate.

– Ah oui ! Génial ! Salut, chéri... susurre-t-elle.

Mon sexe tressaute aussitôt et je l'ajuste en souriant.

– Salut, ma pêche. Nate dit que tu bois des shots en jouant aux cartes ?

– C'est moi qui gagne ! s'écrie-t-elle avant de parler à voix basse. C'est moi qui gagne, bébé. Je bats Rachel aux cartes. Range ta langue, espèce de traînée ! crie-t-elle à Rachel. Rachel n'a pas sa langue dans sa poche quand elle boit. Tu me manques beaucoup beaucoup, et j'ai envie de toi...

– Moi aussi j'ai envie de toi, mais il faudra attendre que je rentre. Tu seras à Boston, la semaine prochaine ? Je vais devoir rester à Berlin trois jours de plus.

– Oh noooon, ça craint ! Ça me plaît pas du tout, c'est nul ! râle-t-elle avant d'éclater de rire.

– Je sais, mais c'est une grosse mission, et j'espère que Mick va venir nous aider. Je t'en parlerai plus tard.

– Je suis fatiguée, marmonne-t-elle.

– Ouais, j'imagine bien. Va parler à Nate. Et dors, d'accord ? Je t'aime, bébé.

– Je t'aime beaucoup beaucoup. Genre... chéri... je t'aime beaucoup.

Je ris en secouant la tête, regrettant de ne pas pouvoir profiter de Skyler alors qu'elle est aussi joyeuse et excitée.

– Allez, va t'amuser et fais une sieste, si besoin. Il est super-tard, ici. Il faut que je dorme pour être en forme demain matin, mais j'ai plein de choses à te raconter.

– D'accord... Rêve beaucoup beaucoup de moi.

– Beaucoup beaucoup. C'est promis.

– D'accord. C'est bien. Je t'aime.

– Bonne nuit, ma pêche.

Je suis sur le point de raccrocher quand j'entends des bruits de baisers, puis la voix de Rachel.

– Beurk, dégueulasse ! C'est le téléphone de Nate !

Je finis de me déshabiller et ouvre la douche.

– Ma nana m'aime beaucoup beaucoup, je dis en riant.

CHAPITRE 7

Il fait un froid glacial dans ce restaurant, je boutonne ma veste pour me protéger de la climatisation. Je balaie la salle du regard et trouve Bo et Royce, occupés à regarder les passants dans la rue. Ils lèvent la tête lorsque j'arrive, je montre au serveur une des tasses de café sur la table. Il hoche la tête et passe ma commande à la barista.

– Salut les mecs, comment ça va en cette belle matinée ?

Royce sort son téléphone d'un air agacé.

– Wendy... quelle chipie ! râle-t-il. Elle ne peut vraiment pas s'empêcher de travailler. Écoute ça.

Je m'accoude sur la table tandis que le serveur m'apporte un café.

– Qu'est-ce qu'elle manigance, cette fois ?

– Elle prend l'avion ce matin. Elle vient à Berlin. En jet privé. Avec son mec.

– Tu plaisantes ? Son médecin l'a autorisée à le faire ?

– Ouais. Il dit qu'elle est suffisamment en forme pour voyager, du moment qu'elle ne fait pas d'efforts.

Apparemment, elle guérit à une vitesse surprenante pour quelqu'un qui a été blessé par balle au poumon. Ça fait combien de temps, maintenant ?

– Un peu plus de cinq semaines, je réponds en repensant au déroulement des événements.

On a passé quelques jours de plus à Montréal, puis je suis resté une semaine à la maison, deux semaines à Londres, et encore deux semaines à Boston.

– Ça ne me paraît pas très prudent, dit Bo. Comment elle a convaincu Mick de venir à Berlin ?

– Ça, c'est ma faute, j'admets en regardant mon café. Je l'ai appelé hier et je lui ai demandé de nous aider. Si on veut réussir cette mission, on a besoin de lui. Ce mec est un génie.

Bo recule dans sa chaise et tape deux doigts sur la table.

– Sauf qu'il a eu une relation avec la cliente. Une histoire dont on ne sait rien...

Je grimace et tourne la tête vers la fenêtre.

– Ou devrais-je dire, dont Roy et moi ne savons rien ?

– Écoutez, il m'a raconté quelques éléments de son passé avec la cliente, mais ce n'est pas à moi de vous le dire. Sachez juste que je me sens minable de lui avoir demandé son aide, et maintenant que Wendy vient aussi...

Je ne finis pas ma phrase, je secoue la tête en me massant la nuque.

– Mec, ne culpabilise pas pour ce que tu n'as pas fait, dit Royce en me mettant une tape sur le bras. S'ils viennent à Berlin, c'est que Wendy sait qu'elle va assez bien. Mick devient peu à peu notre ami, et je l'aime bien. Il aime Wendy plus que tout, et elle le mérite.

– Ouais... C'est pas comme s'il n'y avait aucun autre homme qui serait prêt à la chouchouter autant, rétorque Bo en grimaçant.

– Tu serais prêt à t'engager sérieusement ? répond Royce en fronçant les sourcils.

Bo écarquille les yeux et secoue rapidement la tête.

– Dans ce cas, tais-toi. J'en ai assez de vos chamailleries. Wendy a besoin de tranquillité et de se sentir membre de l'équipe. Ne la repousse pas avec tes petits jeux, tu m'entends ?

– Comme tu voudras, râle Bo en croisant les bras. Tu crois que son histoire avec Monika va être un problème ?

– Je n'ai pas poussé la réflexion jusque-là. Cela dit, je pense que Mick est un homme d'affaires avant d'être un homme d'émotions. Il s'occupera de Wendy en privé, mais il se concentrera sur le travail, je n'en doute pas une seconde.

– Je suis d'accord, acquiesce Royce. Maintenant, il faut juste qu'on trouve la campagne marketing parfaite.

Je souris, car après la révélation de mon frère, une idée m'est venue dans mon sommeil.

– Je crois que j'ai ce qu'il nous faut.

– Qu'est-ce que tu as en tête ? demande Bo en buvant son verre d'eau.

– Ok. Imaginez des soldats de tous les pays partenaires, américains, français, allemands, japonais et indiens. Des hommes et des femmes courageux, qui risquent leur vie chaque jour pour le bien de l'humanité. On les voit en uniforme dans les spots publicitaires et sur les affiches. Ensuite, on les montre en tenue de ville. Ceux qui ont une famille montent dans les monospaces ou les crossovers, les célibataires sont en moto ou en pick-up avec leur chien, etc. On les fera rouler dans la campagne ou en bord de mer pour mettre en avant l'aspect « respect de l'environnement », et une voix off parlera des taux très bas d'émissions de particules fines.

– Ok, ok, je vois où tu veux en venir, continue, dit Royce.

– Et on finira sur le slogan « Bravez la route ». Ça renverra au courage des soldats, qui sont désormais de retour chez eux, aux quatre coins du monde, en sécurité dans leur nouveau véhicule.

– J'adore ! s'exclame Bo en applaudissant, souriant jusqu'aux oreilles.

– Eh ben, mec, t'as fait un sérieux brainstorming, hier soir, ajoute Royce.

– En fait, j'ai vu Paul, hier soir. On s'est retrouvés dans un bar.

– Ah, ça explique les soldats, répond Bo. Comment il va ? Et pourquoi tu ne nous as pas dit de vous retrouver ?

J'ajuste ma cravate rouge et les manches de ma chemise bleu ciel. Je les ai assorties à une veste de costume beige et un pantalon noir, avec mes Ferragamo marron préférées. Je bois une gorgée de café brûlant et me prépare à révéler la nouvelle de Paul à mes amis. Il m'a dit de leur en parler pour qu'il n'y ait pas de malaise quand ils rencontreront Dennis.

– Eh bien, Paul m'a demandé de le voir seul à seul, parce qu'il avait quelque chose à me dire.

Royce et Bo semblent inquiets, mais ils restent silencieux.

– En fait, il voulait me voir pour m'informer de son choix de vie.

– Est-ce qu'il ramène quelqu'un à la maison ? demande Royce en souriant. Ooooh, maman Ellis va être tellement contente !

– On peut dire ça, oui.

– Ce mec ! s'exclame Bo. Il l'a rencontrée où? Tu me diras, avec son physique et son statut de héros, je suis sûr que c'est une petite bombe exotique. Une Asiatique, peut-être ? Petite, avec de longs cheveux noirs, de grands yeux marron… Hmmm… projette Bo en regardant le plafond. Ou peut-être une Allemande blonde… Ooooh, je sais, une Italienne ! J'adore les Italiennes, elles sont pleines de passion, au pieu.

– Non, tu te trompes, il a rencontré quelqu'un au Brésil, je dis simplement, faisant durer le suspense.

– Ooooh, les Brésiliennes sont *muy calientes*[5]… dit-il d'une voix rêveuse.

– C'est de l'espagnol, ça, espèce d'abruti, je gronde. Les Brésiliens parlent portugais.

– Peu importe. Pour peu qu'une femme parle une langue étrangère pendant que je la baise… je suis au paradis, quelle que soit la langue.

– Ce n'est pas une femme ! je m'exclame, agacé par les idioties de mon collègue.

– Pardon ? dit Royce. J'ai cru entendre que ce n'était pas une femme. Qui n'est pas une femme ?

– La personne que Paul ramène à la maison. C'est un homme. Un mec qui s'appelle Dennis. Je l'ai rencontré hier soir, et il est super-cool. Bien élevé et plutôt chou, ce à quoi je ne m'attendais pas, venant de mon frère, mais tant qu'il est heureux…

Je hausse les épaules et bois mon café, laissant du temps à mes amis pour encaisser la nouvelle.

– Paul est gay ? chuchote Bo.

– Il est bi, en fait.

– Waouh. Je ne m'attendais pas à ça. Il s'est toujours déplacé avec un groupe de poulettes, chaque fois qu'il rentrait au bercail. Mais si Paul le tombeur n'est plus

5. En espagnol dans le texte.

sur le marché, ça veut dire plus de meufs pour moi ! s'exclame Bo en souriant.

Royce tourne la tête vers lui et le frappe à l'épaule.

– Merci, je dis à Roy.

– Ce mec pense au cul vingt-quatre heures sur vingt-quatre. Je te jure qu'un jour ça se retournera contre toi.

– Si c'est le cas, pourvu que ce soit une belle brune à forte poitrine qui se tourne pour frotter son joli cul contre moi... lance Bo avec un clin d'œil.

– Mon Dieu, marmonne Royce. Ce type n'apprendra jamais rien.

– Mais sérieusement, les mecs, Paul rentre à la maison pour voir papa et maman. Il y sera encore à notre retour. Il envisage de quitter l'armée. Ça fait douze ans qu'il économise ses salaires. Je crois qu'il va prendre du temps pour lui et profiter de son mec, Dennis.

– Parle-nous de lui. Il est vraiment cool ? demande Royce en levant sa tasse vide en direction du serveur, qui vient aussitôt vers nous avec un pot de café.

– Est-ce que vous voulez un petit déjeuner ? demande-t-il.

Je hoche la tête, mon ventre gargouille. Toutefois, je n'ai pas le temps de passer commande car il tourne les talons et part en cuisine.

– Ok... Bref. Dennis a l'air super-sympa. Il est timide, réservé, poli. Et il aime les Red Sox et les Patriots.

– Je parie que c'est Paul qui lui a dit de dire ça pour que ton père et toi l'acceptiez tout de suite.

– C'est exactement ça, je réponds en souriant. On n'est pas restés ensemble très longtemps parce qu'ils étaient fatigués du voyage, mais j'espère les voir quand je rentre. Je veux qu'il rencontre Sky, si elle est de retour de New York.

– Je suis content que tout aille bien entre Sky et toi, frérot, dit Bo. Je m'inquiétais pour vous, mais je sais qu'elle te rend heureux...

– Merci, frangin.

– Qui ne serait pas ravi de dormir toutes les nuits dans le même pieu que Skyler Paige ? Bon sang, ta nana est tellement canon...

Je tends la main pour saisir la sienne et tordre son pouce qui se casserait si j'appuyais plus fort.

– Mec ! s'exclame-t-il en riant. D'accord, d'accord, je suis désolé.

– Si je ne le casse pas, c'est seulement parce que tu as raison, je réponds en souriant. Skyler est canon.

Royce rit avec nous alors que le serveur revient avec un plateau et nous sert des bols de müesli aux fruits et aux noix, une carafe de lait, du pain grillé avec des confitures et du beurre, et des assiettes de jambon et de fromage.

Nous regardons tous les trois cet étrange petit déjeuner et mon ventre gargouille de nouveau, clairement satisfait. À ce stade, peu importe ce que je mange du moment que c'est tout de suite.

– *Danke*, je dis au serveur qui me lâche un minuscule sourire avant de repartir.

– Apparemment, les Allemands mangent des céréales au jambon le matin, rouspète Bo.

– Tais-toi et mange. C'est de la nourriture. Ne sois pas ingrat. Tout le monde ne mange pas des œufs, du bacon et des pancakes recouverts de sirop d'érable. D'ailleurs, c'est quand la dernière fois que tu as mangé quelque chose de sain ? gronde Royce en dépliant sa serviette.

– Tu veux dire que l'énorme entrecôte que j'ai avalée hier soir, couverte de sauce béarnaise et de frites, n'était pas diététique ? Zut !

– Si tu tiens à ton cœur, mange des céréales et apprends à aimer ça. Donne à ton corps ce dont il a besoin.

Royce commence à manger et quand Bo ouvre la bouche pour répondre, quelque chose d'ordre sexuel, sans doute, Roy plante sa fourchette dans sa joue.

– N'y pense même pas.

– Bon sang, vous êtes ronchons ce matin.

Je verse du lait sur mes céréales, ravi de goûter de nouvelles choses, mais au bout de cinq bouchées, je suis déjà épuisé d'avoir à mastiquer autant pour avaler les noix. Je pousse mon bol de côté et prends une tartine de pain grillé.

– À quelle heure arrivent Wendy et Mick ?

– Je ne sais pas exactement, mais ce soir. Ça nous laisse le temps de parler de ton idée à Monika et de commencer à tout mettre en place, répond Royce qui laisse aussi tomber les céréales.

Lorsque nous avons fini, Royce signe l'addition pour la mettre sur la note de nos chambres, et nous marchons jusqu'à la sortie où nous découvrons qu'un chauffeur nous attend avec une pancarte « *INTERNATIONAL GUY* ».

– Eh ben, Monika ne fait pas les choses à moitié, je dis en souriant.

– J'adore vivre comme une star, répond Bo. Continue de nous décrocher ce genre de mission, mec. Je pourrais m'habituer à ce train de vie.

Je souris en regardant le superbe monospace OhM Bolt gris.

– Ouais, moi aussi.

◆ ◆ ◆

– *Ich mag es sehr*[6]... J'adore ! déclare Monika en souriant de toutes ses dents blanches.

Ses cheveux blonds sont lissés et lâchés aujourd'hui, et elle est vêtue d'un nouveau tailleur impeccable.

– Il faudra voir pour les uniformes, je ne suis pas certaine que les différentes armées donnent leur accord pour que leurs tenues soient diffusées dans une campagne publicitaire.

– Je suis d'accord, mais je suis sûr qu'on trouvera un moyen de contourner le problème. Michael aura sans doute des idées à ce sujet.

– Monsieur Pritchard ? dit-elle en haussant les sourcils. Alors, il est d'accord pour nous assister, finalement ?

– Oui, Michael est un ami. En fait, sa fiancée travaille pour *International Guy*.

– Ah, je vois.

– Nous voulons les meilleurs pour nous assurer que la campagne aura du succès.

– C'est très bien, mais je ne suis pas sûre que ce sera sans problème... Michael et moi n'avons jamais réglé nos problèmes personnels...

Lorsqu'elle parle de Mick, son regard pétille et je ne peux m'empêcher de remarquer que son langage corporel laisse supposer que son intérêt pour lui va au-delà du professionnel.

– Il ne devrait pas y avoir de souci, étant donné qu'il vient avec sa fiancée, je déclare.

– Sa fiancée vient ici ? demande-t-elle en clignant plusieurs fois des yeux, bouche bée.

– Comme je vous l'ai dit, je réponds en souriant, elle travaille pour *IG*. J'ai demandé de l'aide à son

6. En allemand dans le texte.

partenaire, il semble logique qu'elle vienne aussi… non ?

Son visage se referme et elle se lève brusquement de son fauteuil pour aller derrière son bureau, sans jamais croiser mon regard.

– Oui, c'est logique. Je les accueillerai avec plaisir. Tenez-moi informée de ce que vous avez prévu, étant donné que nous manquons de temps. Je crains que nous ne soyons pas prêts pour la date que nous avons fixée avec nos partenaires et les investisseurs.

– Ne vous en faites pas, nous ferons le nécessaire pour que cette mission soit un succès. Il ne s'agit pas seulement de la réputation de votre entreprise, mais de la nôtre aussi.

Elle nous offre le sourire le plus faux que j'aie jamais vu.

– Vous pouvez utiliser la salle de réunion que j'ai réservée pour vous, et mes deux assistants feront tout pour répondre à vos besoins.

– Merci, je dis en me levant en même temps que Royce et Bo.

– Messieurs, à plus tard.

Royce contracte sa mâchoire et nous lui emboîtons le pas pour sortir. Lorsque mes deux collègues sont dans le couloir, je m'arrête et leur fais signe de continuer.

– J'arrive tout de suite.

Ils hochent la tête et partent vers la salle de réunion. Quant à moi, je referme la porte et me dirige vers Monika, assise derrière son bureau.

– Oui, Monsieur Ellis ? soupire Monika en essayant de cacher ses mains tremblantes.

– Est-ce que la présence de Michael et Wendy va poser problème, étant donné votre passé ?

– Je ne vois pas de quoi vous parlez, rétorque-t-elle.

Les paroles de Michael reviennent me hanter.

Dans une relation dominant-soumis, la clé est la confiance.

Elle est tombée enceinte et elle a voulu me faire croire que j'étais le père.

Une colère noire s'empare de moi, mais je n'oublie pas que je m'adresse à une cliente. Nous sommes ici pour travailler, rien de plus. Michael ne viendrait pas s'il ne pensait pas que le stress émotionnel potentiel pouvait être contrôlé.

Elle a essayé de lui faire assumer un enfant qui n'était pas le sien, pourquoi ferait-elle ça ? Pour sauver son couple ? S'il ne pouvait pas lui offrir ce qu'elle voulait, pourquoi rester avec lui ? Pour l'argent ? Peut-être. C'est que c'est un bel homme, c'est sûr.

Ne t'implique pas au-delà de ce qui est nécessaire, Parker. Lâche l'affaire.

Mon cœur bat la chamade.

Fais confiance à ton cœur.

Je passe mon doigt sur le bracelet en cuir où est écrit le mantra de Skyler. Parfois, il faut croire en ses amis, peu importe ce que cela implique. Cela me fait penser à cette citation de Malcom X que mon père répétait tout le temps quand j'étais petit : « Si vous ne vous levez pas pour quelque chose, vous tomberez pour n'importe quoi. » Ça n'a jamais autant fait sens qu'aujourd'hui. C'est à moi de me battre pour mon ami, quels que soient les risques.

– Michael m'a dit ce qui s'est passé entre vous. Ce n'est pas joli. Vous vous êtes quittés en mauvais termes. Alors, je vais vous le demander une nouvelle fois : est-ce que la présence de Michael et Wendy va être un problème ? Si c'est le cas, mon équipe et moi repartons tout de suite, car nous sommes des gens de principe. *International Guy* fera tout son possible, mais nous avons besoin de travailler dans un environnement respectueux. Êtes-vous sûre que votre passé ne sera pas une source de conflit ?

La lèvre inférieure de Monika se met à trembler, mais elle se contient.

– Je souhaite de tout mon cœur que ce projet voie le jour. Si, par la même occasion, je peux corriger des erreurs que j'ai commises par le passé, j'aimerais en profiter. Je pense néanmoins que nous mènerons ce projet à bien de façon tout à fait professionnelle.

Je me mords la lèvre et étudie son visage et son regard pour évaluer sa sincérité. Elle semble...

Vaincue.

J'imagine qu'il n'est pas agréable d'être rattrapé par son passé. Si Kayla débarquait sans prévenir, me suppliant de lui pardonner ce qu'elle a fait, je lui claquerais la porte au nez et je serais obligée de retenir la soif de vengeance de ma mère, de la mère de Royce et de Skyler. Aux dernières nouvelles, Kayla a épousé un avocat minable à Chicago, non pas que ça me regarde. Elle ne mérite rien de bon. Néanmoins, au fond de moi, j'espère qu'elle voit la une des magazines et les photos de Skyler et moi, c'est la punition parfaite.

Mince, connaissant Wendy, si elle est au courant pour Mick et Monika, elle ne va pas rester en retrait sans rien dire. Elle est féroce et protectrice de ceux qu'elle aime, et je dis ça en pensant à Royce, Bo et moi. Je n'imagine même pas ce qu'elle est capable de faire pour Michael.

Je grimace et j'ai presque pitié de Monika. Presque.

Pourvu que Mick ne les présente pas.

– D'accord. Je vais retourner au travail. Il faut que vous fixiez les étapes pour l'impression des pubs papier,

Internet, et des vidéos. Est-ce que vous pouvez nous envoyer vos développeurs ? Il faudrait qu'ils refassent le site Internet avec les nouvelles photos et le slogan.

– Est-ce qu'il y a autre chose ? demande-t-elle en prenant son téléphone.

– Tant que vous laissez le passé tranquille, ça devrait aller.

Si les choses tournent mal, on démissionnera, c'est aussi simple que ça. *International Guy* ne fera pas souffrir son équipe et sa famille pour de l'argent. Ce n'est pas ainsi qu'on fonctionne, et ça ne le sera jamais.

– Nous sommes d'accord.

– Je crois qu'on se comprend. On vous envoie un premier jet en fin d'après-midi.

Elle hoche fermement la tête, et je lui souris avant de tourner les talons pour partir, content d'avoir écouté mon cœur alors que mon entreprise aurait pu perdre gros. Les mecs comprendront. L'argent ne fait pas le bonheur.

L'argent doit servir à obtenir ce que l'on veut et à rendre la vie plus facile, pas à la contrôler ni la compliquer.

CHAPITRE 8

– Waouh, chéri, ton frère est... un sacré beau gosse ! Pourquoi je ne le savais pas ? s'exclame Skyler en regardant la photo que je lui ai envoyée pendant que nous nous parlons sur FaceTime.

Bo éclate de rire, de l'autre côté de la salle de réunion. Il est assis à la table alors que je suis installé dans un coin, sur un des fauteuils en cuir à côté du bar.

– Tais-toi, toi ! je crie.

Skyler sourit, et je suis au paradis.

Je rêve de la tenir contre moi, de sentir son corps contre le mien, d'être avec elle, tout simplement. L'amour est un sentiment puissant, capable du meilleur comme du pire.

Pour l'instant, je vis le meilleur

– L'autre mec est son copain ?

– Ouais, je réponds en me frottant les yeux.

– Il est mignon, mais un peu classique pour un soldat dur à cuire comme ton frère, non ?

Je pousse un grognement en la voyant se lécher les lèvres, triste de ne pas pouvoir le faire à sa place, ou mieux encore, de lui faire lécher autre chose.

– Je ne sais pas, peut-être. L'amour est étrange, on est bien placés pour le savoir, je réponds en souriant.

– Il vient quand à Boston ? J'aimerais les inviter chez moi, si possible. Je préparerai un bon dîner.

– Tu feras à manger ?

Skyler cuisine bien, mais elle déteste tellement faire les courses que je suis surpris.

– J'ai trouvé un service qui fait les courses à ma place. Au lieu de choisir mes articles au supermarché, je le fais en ligne. C'est presque la même chose, je suppose, dit-elle d'une voix triste.

– Ma pêche...

– C'est pas grave. Je finirai par trouver un magasin où, à force de connaître les gens, je pourrai faire mes courses sans être harcelée. Mes amis acteurs disent que c'est ce qu'ils font. Ce sera comme au *Lucky's*, personne ne m'y embête quand on y va.

– Ouais, sans doute parce que mon père jetterait dehors le premier qui t'adresserait la parole. Et puis, la clientèle est surtout constituée d'ouvriers, la plupart ne savent même pas qui tu es, et les autres sont juste contents qu'une belle blonde illumine leur soirée de temps en temps.

– Peut-être, répond Skyler en souriant. Bref, j'ai hâte de rencontrer Paul. Comment se passe la campagne marketing ?

– On est des génies ! s'exclame Bo en se penchant par-dessus mon épaule. Salut, Sky. On va voir ton joli p'tit cul à Boston ?

– Eh, fais gaffe, frangin, je grogne.

Bo lève les yeux au ciel et Skyler éclate de rire.

– Ouais, je finis la promo cette semaine. Je serai sans doute de retour un ou deux jours avant vous, vu que vous prolongez votre séjour jusqu'à mercredi.

– Ça roule. On se voit au *Lucky's*, alors.

– Ça marche. Ne laisse pas mon mec prendre le boulot trop au sérieux, il en oublie de sourire.

– Compte sur moi !

Royce vient vers moi et me donne un dossier.

– Salut ma belle, comment tu vas ?

– Très bien, et toi ?

– Ça va, tout va bien. Michael arrive, dit-il en me tapotant l'épaule.

– Ma pêche, je dois y aller. Je t'appelle plus tard, avant de me coucher, je dis en jouant des sourcils, ce qui la fait rire.

– C'est noté.

– Je t'aime.

– Je t'aime aussi !

Elle me souffle un baiser avant de raccrocher.

Je boutonne ma veste et me dirige vers la porte de la salle de réunion, où Monika me rejoint, des photos des voitures à la main. Au fond du couloir, derrière elle, un groupe de gens arrive vers nous. Tous sont vêtus de costumes haute couture, allant du noir au gris en passant par le bleu marine et le beige. Si nous étions aux États-Unis, je penserais que le FBI est à nos trousses. Mais je reconnais celui qui mène le groupe, et la femme qui tient son bras.

– Wendy... je chuchote avant d'aller vers eux.

Elle sourit jusqu'aux oreilles, lâche son homme et vient à moi en sautillant. J'ouvre grand les bras et elle se jette contre ma poitrine.

– Tu as l'air en super-forme ! je m'exclame en souriant.

Ses longs cheveux sont attachés en queue-de-cheval, ses lèvres sont rose bonbon et son tailleur est... presque ordinaire. Bleu marine comme en portent la plupart des femmes, à ceci près que sa jupe est ultra-courte, presque indécente. En dehors de ça, ce n'est pas une tenue que je suis habitué à voir sur mon assistante.

– C'est quoi cette tenue ?

Elle sourit et s'approche pour chuchoter dans mon oreille.

– C'est ma tenue de combat. Je vais surprendre l'ex diabolique quand elle ne s'y attendra pas, elle me prendra pour quelqu'un comme elle. Ce qu'elle ne sait pas, c'est que je vais lui arracher son cœur de pierre. Je suis contente de te voir, boss. J'ai hâte de me plonger dans cette mission.

Mick rejoint sa femme et la prend par la taille.

– Ma chérie, il va falloir que tu te ménages, sinon je vais t'enfermer dans ta chambre d'hôtel et te faire surveiller par un des molosses.

– Le médecin a dit que je pouvais ! râle-t-elle en faisant la moue.

Monika nous a rejoints pendant que Wendy parlait, les autres membres du groupe de Michael sont restés en retrait, attendant d'être présentés. Apparemment, Wendy et Michael se fichent que notre cliente, l'ex de Mick, soit juste derrière moi, avec Bo et Royce, car ils continuent leur petite querelle.

– Oui, eh bien, peut-être nous faudra-t-il trouver un autre médecin plus raisonnable... grogne Mick.

– Tu veux dire un médecin que tu pourras payer pour être d'accord avec toi ! rétorque-t-elle en plantant son index dans le torse de son fiancé.

Je déteste que les femmes fassent ça, ça fait super-mal.

– Attends un peu que je sois enceinte, mon grand. Tu vas devenir fou avec les médecins et les sages-femmes...

– Pas du tout, répond-il en riant, parce que j'ai déjà trouvé une infirmière et une sage-femme pour vivre chez nous pendant toute la durée de la grossesse. Il n'y aura pas d'accident, cette fois.

Elle écarquille les yeux et passe un bras dans son dos pour l'embrasser dans le cou, où elle laisse une marque de rouge à lèvres rose, mais Mick est tellement cool qu'il ne s'en inquiète pas.

Royce se racle la gorge et je me tourne vers eux.

– Bonjour, Michael. Wendy, ramène tes fesses ici pour me faire un câlin, dit Royce en souriant.

Wendy le rejoint et il la serre fort contre lui.

– Ça fait plaisir de te voir, ma belle.

– Je suis ravie d'être là, répond-elle avant de passer à Bo.

– Salut, chipie, t'as l'air... euh... très pro, dit-il en étudiant sa tenue.

– Fais-moi un câlin et ne pose pas de questions, tu veux ?

Il obéit et ferme les yeux en la serrant contre lui, comme si un poids énorme venait de quitter ses épaules. Nous sommes tous soulagés que Wendy soit de retour parmi nous après qu'on a failli la perdre.

– Ça suffit, Montgomery. Wendy... gronde son fiancé.

Elle sourit et recule, mais pas avant de tapoter la joue de Bo.

– Tu as l'air en forme... pour un imbécile.

– Elle me trouve beau, répond mon ami en posant ses mains sur son cœur. Tu vois, chipie, je te plais. Tu m'aimes. Tu rêves d'une nuit avec moi, dit-il, faisant frissonner Mick.

Monika profite du moment pour aller vers son ex.

– Michael… ça fait longtemps. Merci d'être venu, dit-elle en lui tendant la main.

Il la serre brièvement tout en ramenant Wendy contre lui, dont le cadenas tinte sur son nouveau collier en or blanc.

– Je suis Wendy, sa fiancée, dit-elle en lui tendant la main.

Monika lui décroche un petit sourire en serrant très rapidement sa main.

– Et les gens qui vous accompagnent ? demande-t-elle en fronçant les sourcils.

– Ce sont des experts de certains de mes bureaux européens, répond Michael en se tournant vers eux. Nous avons quelqu'un en marketing social, en marketing commercial, en stratégie de référencement, quelqu'un pour la télé, la radio, le casting, quelqu'un pour l'élaboration des contenus, etc. D'après ce que j'ai compris, nous avons très peu de temps, plus nous serons nombreux, plus nous avons de chances de réussir.

– Tu nous sauves la vie, Mick, je dis en serrant vigoureusement sa main.

Il esquisse un sourire, mais je sais que je n'aurai rien de plus. D'habitude, il est plus chaleureux avec moi, mais nous sommes au travail et le contexte est particulièrement compliqué, puisque notre cliente est l'ex-soumise qui lui a brisé le cœur.

– Oui, Michael, dit Monika en se tenant plus droite. Je te revaudrai ça…

– Pas du tout, rétorque-t-il. Fais-moi un virement et on sera quittes. Mes services et mes équipes coûtent cher.

– Mais bien sûr. OhM Motors s'occupera de tout.

– Super, répond-il en serrant Wendy contre lui. Où peut-on s'installer ?

Je fais quelques pas en arrière et désigne la porte de la salle de réunion dont je suis sorti.

– Dernière porte à gauche.

– Je suppose qu'*IG* a déjà l'idée et le thème, Parker ? demande Mick.

– Absolument. On a juste besoin de l'équipe pour mener le projet à bien.

– Parfait. Je te suis.

Je tourne les talons en direction de la salle de réunion. Je regarde par-dessus mon épaule et vois que Wendy fusille Monika du regard lorsqu'elle passe devant eux. Je me demandais si Mick lui donnerait tous les détails de son histoire avec son ex, mais j'ai ma réponse.

Cette mission devrait être particulièrement intéressante...

J'ai désormais un nouvel objectif : empêcher Wendy et Monika d'être seules dans une pièce, tout en menant à bien notre projet marketing.

◆ ◆ ◆

– C'est hors de question... dit Royce en secouant la tête, le lendemain. T'es fou, Pritchard. Je ne le ferai pas, ma mère me tuerait !

– Carrément ! Tu peux compter sur moi ! s'exclame Bo. Je suis très doué pour faire chavirer le cœur des femmes.

– Qu'est-ce qui se passe ? je demande en m'asseyant dans un fauteuil.

Je penche la tête à droite et à gauche pour détendre mes muscles. Nous avons terminé à minuit, hier, avant de dîner dans un bar, et je me suis couché à deux heures du matin. J'ai besoin de plus de sommeil et de moins de travail. Ça fait cinq heures qu'on bosse, et on a tellement avancé que mes pensées s'embrouillent.

Je regarde ma montre alors que Mick explique qu'il attend que nous nous investissions tous autant les uns que les autres. Bon sang, il est déjà quatorze heures. Mon ventre gargouille, exigeant d'être nourri. Je n'écoute qu'à moitié ce que dit Michael, mais je lève la tête quand même.

– Ouais, d'accord, comme tu veux, Mick, je réponds sans savoir pour quoi je donne mon accord.

Mick ne prend rien à la légère. C'est un homme d'affaires hyper-intelligent, qui sait exactement quoi faire pour faire décoller un projet d'envergure comme le nôtre. Je regrette seulement d'avoir autant bu hier soir et de ne pas avoir davantage dormi.

Un des experts TV vient vers moi et me montre une série de portraits d'acteurs.

– On n'arrive pas à trouver un mec suffisamment hirsute pour conduire le pick-up. On voudrait un soldat américain et un berger allemand, dit-il en posant les portraits sur la table basse. Que pensez-vous de ceux-ci ?

Je regarde les photos pendant que Michael expose le projet auquel il a pensé pour la fin de la pub télé.

Trop *GQ*, trop maigre, trop musclé. Je tapote chaque portrait et les mets de côté. Qui aurait cru que je me retrouverais à étudier des photos de mannequins pour une pub ? Je les ai toutes rejetées, mais je tapote la dernière.

– Celui-ci serait parfait pour le mari du monospace. Mettez-le en jean et en polo avec une femme qui ressemble à un soldat.

– Vous avez rejeté tous les candidats pour les rôles de soldats.

– Sans doute parce que ces gens sont tous des mannequins...

Une idée me vient alors, et je sors mon téléphone pour passer un coup de fil.

– Parker, comment tu vas ?

Je souris en entendant la voix de mon frère.

– Ça baigne. Dis, j'ai un problème avec le projet sur lequel je travaille et j'ai une proposition à te faire, si tu as le temps.

– Frangin, je n'ai rien à faire, répond-il. Denny et moi sommes assis au bord de la piscine, une bière à la main. Dis-moi tout.

Je me lève et me faufile à travers la pièce remplie de gens pour me poster devant la fenêtre, face à Berlin. De superbes voitures allemandes parcourent les rues entre les immeubles.

– J'ai un problème de casting pour la pub que je tourne. Il nous faut des soldats, et les acteurs que l'on voit n'ont pas le physique qu'il faut. On doit tout de suite reconnaître des hommes et des femmes qui ont traversé le pire et se battent pour leur pays et leurs concitoyens.

– C'est sans doute parce que tu viens de me revoir après tout ce temps, non ? Ce genre de chose ronge les gens, et c'est normal, je suis parti longtemps. Ce n'était pas facile pour moi, et ça ne l'était pas pour ma famille non plus. Ça devait être dur de ne pas savoir où j'étais, quand je rentrais ni si j'étais en vie... C'est en partie pour ça que je vais prendre ma retraite.

– Je suppose, oui, mais je trouve que choisir un mannequin pour incarner le rôle d'un soldat manque de sincérité, tu vois ce que je veux dire ?

– Ouais, je vois. Dans ce cas, pourquoi tu n'engages pas de vrais soldats ? Il y en a des milliers en permission ou retraités. Beaucoup n'auront aucun problème à jouer dans une publicité internationale. J'ai des amis un peu partout dans le monde, il t'en faut combien ?

Je vois tout de suite mon frère monter au volant du pick-up avec un énorme chien, et je souris jusqu'aux oreilles.

– En te comptant, il m'en faut cinq, et je préférerais que deux soient des femmes et que tous soient d'origines différentes. Je peux t'envoyer les détails de ce qu'on cherche par sms. Tu es partant ? J'adorerais voir ta gueule à la télé en train de monter dans une voiture avec un drapeau américain en arrière-plan. Qu'est-ce que t'en dis ?

– Deux choses, d'abord.

– Dis-moi...

– Est-ce que je serai payé ? Et est-ce que je peux emmener mon mec ? demande-t-il d'une voix enjouée.

Je commence à rire et ne peux bientôt plus retenir mes larmes de joie.

– Bien sûr que ça paye ! Et bien sûr que tu peux emmener Dennis. Comme ça, on le présentera aux mecs. Mais est-ce que ça peut poser problème, que tu sois à la télé, pour tes missions spéciales, etc. ?

– Mais non, frangin. Tout d'abord, personne ne sait ce que je fais, où je suis et quel est mon objectif. On m'envoie sur des missions de sauvetage, de protection et de plein de choses dont je ne peux pas parler. Peu importe que quelqu'un reconnaisse mon visage quand je suis sur le terrain, parce que même si c'est le cas, cette personne ne vivra pas assez longtemps pour le dire à qui que ce soit. Tu me suis ?

Ma gorge se noue et je hoche la tête avant de la secouer. Bien sûr que non, je ne le suis pas ! Si j'ai bien compris, il vient d'admettre qu'il fait des choses très dangereuses et qu'il tue des gens. Je n'ai pas besoin d'en savoir davantage.

– Ok, ben, je passerai des coups de fil quand j'aurai eu ton mail.

Lorsque j'ai raccroché, je me tourne vers une des assistantes.

– J'ai besoin que les spécificités techniques des mannequins soient mises par écrit et qu'elles soient envoyées à ce numéro dès que possible, s'il vous plaît.

Michael vient vers moi en tenant le graphique qu'il a mis au point concernant les détails du lancement.

– Il nous faut un showroom.

– Il te faut combien de temps pour mettre ça au point ? je demande, dépité.

– C'est en train d'être fait. J'ai appelé des clubs automobiles européens et je devrais recevoir les infos d'une minute à l'autre. Il faut que tout soit prêt ce week-end quand les véhicules seront révélés au public.

– J'ai un problème avec les mannequins.

– C'est-à-dire ? demande-t-il en fronçant les sourcils.

– Aucun ne ressemble à un soldat.

– Sans doute parce que ce sont des modèles, et pas des soldats.

– J'ai demandé à mon frère de contacter des amis à lui pour voir si on ne peut pas mettre en scène de vrais soldats dans les pubs.

– Ça roule, répond Mick en souriant d'un air diabolique. Mais je veux leur accord pour pouvoir mentionner leur nom, leur rang et leur régiment. Si on a l'intention de faire pleurer les ménagères du monde entier, il faut des noms pour accompagner les visages. Super-idée, mec.

Je souris, content que mon idée améliore notre projet.

– Et on vous verra tous les trois demain pour vous coiffer, vous maquiller et vous habiller, lance Mick par-dessus son épaule.

– Euh, attends une minute. De quoi tu parles ? Nous coiffer et nous maquiller ? Nous trois ?

Michael se tourne vers moi et croise les bras.

– Le bonus de la campagne. Pour le slogan « Bravez la route », répond-il simplement, comme si ça devait me parler.

Ça ne me parle pas.

– Non, je ne sais pas de quoi tu parles.

– Parker... soupire-t-il. Tu as dit que t'étais d'accord pour que vous soyez tous les trois filmés pour le slogan. Monika et moi pensons que vous avoir à l'écran serait un énorme bonus. Et en plus... commence-t-il avant de venir vers moi pour chuchoter... c'est la vengeance parfaite pour m'avoir fait venir ici pour te sauver la mise et obligé à voir mon ex.

Je ferme les yeux. Merde.

– Alors, tu nous fais passer à l'écran.

Il sourit.

– Demain ? Je ne suis pas sûr de vouloir savoir ce qu'on doit faire.

Des idées plus saugrenues les unes que les autres me viennent à l'esprit et je nous vois en uniforme, faisant semblant d'être des soldats. Je suppose que ce ne serait pas la fin du monde.

Son sourire devient machiavélique.

– Vous serez tous les trois dans un vestiaire, devant un immense miroir avec trois lavabos. Vous sortirez tout juste de la douche et vous serez torse nu avec des serviettes autour de la taille. Royce m'a dit que tu aimais laisser des messages à tes clientes sur leur miroir.

– Oh non...

– Alors, je me suis dit... qu'est-ce que je peux trouver qui serait un beau geste envers ta cliente, pour le monde entier, et bien sûr, qui vous mettrait incroyablement mal à l'aise... pour mon simple plaisir ? Et ça m'est venu. Trois hommes quasi nus, prêts à se raser, devant un miroir, avec une bombe de crème à raser. Chacun de vous écrira un des mots du slogan sur la glace devant vous. *Bravez. La. Route.* Stylé, non ? demande-t-il en souriant, ravi.

– Très bien. Si c'est ce que tu veux pour te venger...

– Non, non, ce n'est pas fini. Vois-tu, ma femme insiste pour que j'aie un véritable enterrement de vie de garçon, et j'ai décidé que c'est toi qui l'organiseras. Apparemment, ma chérie ne veut pas que je passe à côté des plaisirs normaux de la vie. Je lui ai expliqué que je ne voulais qu'elle, mais, hélas, je ne peux rien lui refuser. Note-le dans ton calendrier. Le mariage approche à grands pas, donc il faut que tu t'y mettes tout de suite. Je te donnerai la liste des invités, mais je veux qu'*IG* soit présent.

– Quel salaud ! je dis en riant. Mais comme tu veux. Si ça m'assure les bonnes grâces de Michael Pritchard, je suis partant.

Mick sourit alors que Wendy le rejoint et le prend par la taille.

– J'ai faim, déclare-t-elle avant de regarder Monika qui, de l'autre côté, les scrute sans discrétion. Emmène-moi à l'extérieur.

– Comme tu veux, mon amour.

– Je veux. Park, t'as faim ?

– Eh bien en fait, j'ai...

Mick secoue la tête sans que Wendy ne le voie.

– ... j'ai dit aux mecs que j'attendrais qu'ils aient fini pour déjeuner avec eux. Je vais peut-être appeler Sky.

– Oh, elle va bien. Je lui ai parlé ce matin. Sa robe de demoiselle d'honneur est canon – jaune pâle, moulante, ultra-sexy.

Je souris, comme toujours quand j'entends parler de ma nana.

– Et moi ?

– On s'occupera des costumes de Michael et toi quand on sera rentrés.

Je prends Wendy par la main et l'emmène à un pas de son fiancé.

– Tu sais, Wendy, si jamais tu veux tout annuler... C'est moi qui t'escorte à l'autel, alors il est de mon devoir de te proposer une échappatoire...

Mick pousse un grognement et la ramène contre lui.

– C'est pas drôle, Ellis.

– Si, c'est hilarant, je réponds en riant alors qu'il me fusille du regard. D'accord, c'est un peu drôle, pas hilarant.

– Chérie, tu as dit que tu avais faim, non ?

– Je suis affamée.

– Alors, allons te nourrir. On revient.

– Tu vas me manquer, Wendy, je plaisante.

Il me lance un regard noir alors que Bo me rejoint.

– C'est presque trop facile, dit-il.

– Je suis d'accord. Tu as faim ?

– Si j'ai faim ? Mon ventre s'est autodévoré et il est désormais sur le point de s'en prendre à mon foie, déclare-t-il.

– T'es répugnant, je réponds en riant.

– Ouais, mais je t'ai fait rire.

– C'est vrai que tu réponds toujours présent quand il s'agit de faire rire.

– Pour moi, c'est un devoir, comme ça l'est de vénérer les femmes.

– Tu es incroyable, je dis d'un ton sarcastique.

– C'est ce qu'elles disent toutes.

Je secoue la tête et pousse Bo de l'autre côté de la salle où se trouve Royce. Je croise son regard et il pose ses dossiers pour boutonner sa veste et nous rejoindre.

– Il est l'heure de manger, j'espère ?

– Si on arrive à maîtriser celui-ci, je dis en désignant Bo.

– Quoi ? Bah, vous m'adorez. Vous vous ennuieriez sans moi.

Royce frappe Bo dans le dos et je lui mets un coup d'épaule.

– Tu as raison. On va peut-être te garder, finalement.

– Un peu, que vous allez me garder !

– Et si on te trouvait une grande... commence Royce.

– Une grande poulette blonde ? finit Bo en souriant.

– Une grande bière, répond Royce en riant.

– C'est pas aussi bien, mais ça fera l'affaire.

Nous sortons du bâtiment en riant et montons dans le véhicule OhM qui nous attend.

– Emmenez-nous dans un bar où on peut boire une bonne bière fraîche et manger un bon burger américain, s'il vous plaît, je dis au chauffeur.

– Je connais l'endroit parfait.

CHAPITRE 9

– C'est complètement dingue, je dis en croisant les bras. J'ai tellement froid que mes tétons pourraient geler comme des stalactites et se briser au moindre mouvement. Pourquoi il fait si froid ?

– Je ne sais pas de quoi vous parlez, répond Royce, moi, ça va très bien.

Il se tient debout, les pieds écartés, une serviette blanche nouée à la taille. Ce type est énorme et sa peau noire, qu'une maquilleuse est en train de couvrir d'huile, contraste fortement avec la serviette. Il sourit, me lance un clin d'œil et je me rends compte qu'il est hyper-musclé, ses abdos sont une véritable tablette de chocolat.

– Faut dire que moi, je ne me fais pas masser par une jolie femme, hein ? je réponds en désignant la jeune fille, qui me sourit.

– Mon travail a certains avantages, et ça, c'en est un, répond-elle en s'attaquant au dos de Royce. Ne vous en faites pas, vous êtes le suivant.

Bo vient vers nous, parfaitement à l'aise en serviette.

– Ooooh, et moi, c'est quand mon tour ? Mieux encore, est-ce qu'on peut le faire allongé ? demande-t-il d'un ton lourd de sous-entendus.

Je grince des dents et me retiens de le gifler.

– Le harcèlement sexuel, ça te parle, mec ? Ça marche avec les clients aussi, tu sais.

La maquilleuse cesse ses mouvements et regarde Bo de haut en bas d'un air appréciateur.

– Vous et moi. Après le travail. Et peut-être que c'est vous qui me masserez.

– Vous parlez la même langue que moi, à ce que je vois, répond Bo.

– En même temps, vous n'êtes pas très subtil, espèce de don Juan.

– Peut-être que vous me comprenez aussi bien parce que vous êtes aussi libérée que moi, rétorque-t-il, la faisant sourire de plus belle.

Lorsqu'elle a fini de s'occuper de Royce, elle me tend la bouteille d'huile de massage.

– Je crois que votre ami a besoin d'aide pour son dos. Vous devriez pouvoir vous débrouiller tout seuls, il faut que j'aille m'occuper des soldats, ricane-t-elle en s'éloignant.

– Bon sang, j'ai hâte de mordre dedans, ce soir, soupire Bo. Miam...

Je verse de l'huile dans ma main et l'étale sur mes bras et mon torse. Bo imite mes gestes et nous nous huilons le dos, à contrecœur.

– Ah, voilà mes modèles ! s'exclame Mick, accompagné par Monika.

Il est vêtu d'un autre costume impeccable, noir à fines rayures blanches, avec une cravate en satin jaune. Je parie que Wendy la lui a offerte, c'est sa couleur préférée.

– Ils sont parfaits, tu ne trouves pas, Monika ? dit-il en nous désignant.

– Ça craint, tu le sais ? je dis à Mick pour qu'il sache que la situation me déplaît.

– Oui, je sais, répond-il en souriant. Est-ce que tu veux ajouter quelque chose, Monika ?

Elle le regarde d'un air amoureux avec une étincelle dans les yeux que je n'avais pas vue jusqu'à maintenant.

– Tout est parfait quand tu es là, répond-elle d'une voix suave.

Je n'ai pas le temps de répondre, car Wendy arrive derrière eux en gloussant pour prendre Mick par la taille.

– C'est marrant, je le lui dis tous les jours.

– Mon chaton... susurre-t-il en l'embrassant tendrement.

– Chaton ? répète Monika d'un ton dédaigneux. Moi, il m'appelait mon minou.

– Wouah... dit Bo.

– Merde, soupire Royce.

– Mauvaise idée, je gronde.

– Je te demande pardon ? s'exclame Wendy en se tournant vers Monika. Tu veux vraiment faire ça ? Maintenant ? Ici ? Parce que j'ai pas mal de surnoms à t'attribuer, rugit-elle.

Bo écarquille les yeux et se couvre la bouche. Je fais un pas en arrière pour éviter d'être mêlé à la confrontation qui est sur le point de se dérouler.

– Wendy... commence Royce.

Je tends le bras devant lui et secoue la tête.

– Ça ne nous regarde pas, frangin, je lui rappelle. On devrait aller... ailleurs. N'importe où.

– C'est hors de question, gronde Wendy en penchant la tête sur le côté. Allez, mettons tout ça sur le tapis... *Minou.*

– Chérie, ce n'est vraiment pas le moment ni l'endroit pour faire ça, dit Mick.

Le pauvre, je sais qu'il pense bien faire, mais je connais Wendy, elle n'est pas du genre à se taire. Je l'ai appris à mes dépens.

– C'est mort, Mick, rétorque-t-elle en grimaçant de dégoût. Cette histoire s'arrête ici. Maintenant.

Elle se tourne de nouveau vers Monika et pointe son index sur elle.

Pourquoi les femmes font toujours ça ? Il faudra que je pose la question à Sky.

– Tu as peut-être un passé avec mon mec, mais tu n'as aucun avenir avec lui. C'est moi, son avenir. Tout ça, poursuit-elle en désignant Mick, aurait pu être à toi. Hélas, tu as tout foutu en l'air, et maintenant il est à moi.

– Je suis désolée, Michael, pleurniche Monika.

– Est-ce que j'ai dit que tu pouvais parler ? Je n'ai pas fini.

Monika referme la bouche.

– Tu as trahi sa confiance, tu lui as menti sans cesse et tu n'as jamais mérité son collier, dit-elle en effleurant le sien. Ni une bague de fiançailles, d'ailleurs. Moi, je l'aime plus que tout, plus que ma vie. Je n'ai pas besoin d'un autre homme pour me donner du plaisir, parce qu'il me donne tout ce dont j'ai besoin.

Monika déglutit lentement et serre les poings. À mon avis, elle ne sait pas comment réagir à la diatribe de Wendy, qui n'a pas terminé.

– Je vois que tu es triste de l'avoir perdu. C'est normal. À ta place – non pas que je serais assez bête pour m'y retrouver – mais à ta place, je rêverais de le récupérer. Donc quelque part, je te comprends. Je comprends que tu veuilles dire que tu es désolée et lui demander pardon, et lui rappeler ce que vous avez vécu. Mais laisse-moi te dire quelque chose, chérie : ne te fatigue pas. Ce que tu ne sais pas, c'est que Mick et moi sommes indissociables. Ton histoire avec lui n'était rien. C'est triste, mais c'est vrai. Maintenant, on a une campagne à finir, mon équipe et moi. Est-ce que tu vas réussir à garder tes commentaires pour toi et laisser le passé à sa place... mort et enterré ?

– Waouh, c'est dur... chuchote Bo.

Michael prend Wendy par les épaules et joue avec son cadenas.

– Oui, répond Monika en se léchant les lèvres. Je veux juste dire que je suis désolée que les choses se soient mal finies. Mes agissements de l'époque ne reflètent pas la personne que je suis aujourd'hui.

– Et je suis sûr que ton mari l'apprécie, dit Mick d'une voix monotone.

– On est séparés, répond-elle.

Wendy se crispe, Michael sent son malaise et masse son épaule pour la rassurer.

– C'est dommage. Merci pour tes excuses, mais comme tu peux le voir, j'en suis sorti gagnant. La femme de mes rêves porte mon collier, ma bague, et on prévoit de fonder une grande famille. On va finir les pubs dans les prochains jours, et on repartira. Les membres de mon équipe pourront terminer le reste dans leurs bureaux respectifs, on suivra les avancées via des mails et des coups de fil.

Michael tourne la tête vers nous qui tentons de nous rendre invisibles.

– Continuez, les gars. Wendy et moi allons jeter un œil sur les autres plateaux.

Mick et Wendy tournent les talons et repartent, main dans la main, forts et unis.

– Je… euh… je suis désolée que vous ayez vu ça. Ce n'était pas pro, et…

– On comprend, je dis avant de changer de sujet. Et si on finissait ce truc, histoire qu'on puisse se rhabiller ?

Elle hoche la tête, mais elle semble absente, perdue dans le passé.

– Parle pour toi ! Moi, je suis ravi de passer la journée en caleçon, ajoute Bo pour détendre l'atmosphère.

Royce secoue la tête et pousse Bo devant son lavabo. On a chacun le nôtre, en plus d'une bombe de crème à raser et d'un rasoir.

Monika lève la tête et se tient plus droite avant de rejoindre le caméraman et les techniciens. Les projecteurs s'allument autour de nous, manquant nous aveugler, et ma peau se réchauffe aussitôt. Dieu merci !

– Très bien, tournez-vous face au miroir. La caméra va s'arrêter sur vous plusieurs fois pendant quelques secondes. Ensuite, vous levez les bombes de crème, et les caméras vous scanneront de nouveau. Enfin, un par un, vous écrivez votre mot sur le miroir. Compris ?

Nous répondons « oui » à l'unisson.

– Bien. Silence sur le plateau ! crie le directeur. Action !

Les caméramans se dirigent sur nous, puis s'arrêtent.

– Maintenant, levez les bombes… et je veux que vous regardiez votre peau, votre visage, et que vous bougiez lentement. Faites ce qui vous semble naturel.

Nous suivons ses instructions et nous sourions en nous regardant, étudiant nos cheveux, nos barbes, nos corps, jusqu'à ce qu'il nous dise d'arrêter.

– Bien. Royce, toi d'abord. Action !

Roy secoue sa bombe de crème à raser et écrit « BRAVEZ » sur le miroir.

– Bo, à toi…

Bo s'exécute et écrit « LA ».

– Parker...

Je secoue ma bombe, souris et écris « ROUTE » en majuscules.

– Très bien, maintenant on va nettoyer les miroirs et recommencer, dit le directeur, nous faisant râler à l'unisson.

♦♦♦

Le directeur finit enfin par déclarer que la scène est dans la boîte. Lorsque nous sommes habillés, j'emmène les mecs sur l'autre plateau. Paul est en tenue de camouflage et, si ce n'est pas l'uniforme qu'il porte tous les jours, ça me rappelle la chance que j'ai qu'il soit en vie et de retour à mes côtés.

– Parker, dit-il en me prenant dans ses bras. On est presque prêts à filmer, dit-il en faisant signe à Dennis de le rejoindre.

Le pick-up argenté, baptisé l'Amp 2.5, est garé derrière lui. Tous les véhicules ont un nom qui fait référence à leur aspect électrique. Sur le côté droit du plateau, un grand type vêtu d'un uniforme aux couleurs de la France est posté devant la moto Volt 1. De l'autre côté, une femme représentant l'armée allemande tient un bébé dans les bras, et son mari leur ouvre la portière de la berline baptisée la 4 Watt.

– Dennis, viens par là, je dis. Je veux te présenter mes frangins.

Dennis vient vers nous, vêtu d'un pantalon bleu marine et d'un polo blanc, avec un foulard blanc et jaune autour du cou. Il porte ses lunettes habituelles et ses cheveux noirs sont coiffés en arrière.

– Parker, merci de m'avoir autorisé à venir. C'est génial de voir le tournage d'une pub depuis les coulisses.

– Les mecs, je vous présente Dennis Romoaldo, le mec de Paul.

Dennis tend d'abord la main à Royce.

– Voilà Royce Sterling, mon associé, et Bogart Montgomery, mon autre associé.

Dennis serre la main de Bo, puis il retourne aux côtés de Paul qui lui caresse le dos comme pour le rassurer.

– J'ai tellement entendu parler de vous, dit-il en souriant. Vous êtes les autres frangins de mon Paulo, c'est ça ?

– Ouais, on peut dire ça, répond Royce. Parker nous a dit que tu venais du Brésil ?

Dennis sourit jusqu'aux oreilles et semble se tenir plus droit.

– Oui. Ma maison et le siège de l'entreprise familiale sont à Rio.

– Ah ? Qu'est-ce que vous faites ? demande Bo.

– On est dans l'import-export. Quand on sera à Boston pour rencontrer la famille de Paul, il va m'aider à trouver un autre entrepôt et un chantier naval dans le port de Boston.

– Parce que vous avez décidé d'ouvrir des bureaux à Boston ? je demande.

– On ne promet rien, Park. Dennis doit faire ce qui est le mieux pour lui et son entreprise...

– Et si par chance son mec habite dans une ville portuaire qui donne un accès à la côte Est... je réponds d'un ton joyeux.

– Ne croie pas que je n'y ai pas pensé, répond Paul en souriant, mais je ne l'oblige à rien. Il étudie aussi le Texas et la Californie.

– La Californie coûte cher, répond Royce d'un ton pensif. Certains des chantiers navals les plus chers se trouvent sur la côte californienne.

– C'est ce qu'on constate aussi, acquiesce Dennis. On envisage aussi l'Oregon et Washington.

– Ce sont de meilleures options d'un point de vue financier, répond Royce, mais le transport par voie terrestre pourrait être moins rentable, selon vos besoins.

– Exactement. En tout cas, pas aussi rentable que Boston, je dis en fusillant Royce du regard.

Non mais, je viens de récupérer mon frère, j'aimerais ne pas avoir à prendre l'avion pour boire une bière avec lui !

– T'en fais pas, dit Bo en me prenant par les épaules, Parker veut juste que son frère soit à Boston. Il va tout faire pour gagner. Préparez-vous à une bataille, prévient-il.

– Pff, comme tu veux, je grogne. Inutile d'en parler maintenant. Tournons cette pub et allons boire un verre sur le compte d'*IG*.

Paul sourit et masse la nuque de Dennis.

– Qu'est-ce que tu en penses ? Ça te dit de sortir avec les mecs, ce soir ?

Le regard de Dennis s'illumine sous celui de mon frère. Je n'avais jamais imaginé voir mon frère avec un mec, mais il est plutôt attentionné et mignon dans sa façon de communiquer avec lui.

– Ce serait super, répond Dennis en rougissant.

– Alors c'est réglé, dit Royce. Je vais aller parler finances avec Michael. Bo, tu veux donner ton avis sur les photos et les pubs ?

Bo hoche la tête.

– Je vais m'assurer que les autres publicités se déroulent comme prévu et qu'elles montrent ce qu'on veut voir, je dis à mon tour.

– Je vais reprendre ma place, dit Paul alors qu'un jeune berger allemand traverse le plateau en courant.

– *Nein ! Halt*[7] ! crie un des techniciens du plateau en le poursuivant.

– Euh, est-ce que je viens de voir passer un *chiot* ? je dis en fronçant les sourcils.

– Absolument, répond Bo en souriant. J'adore les chiots ! ajoute-t-il avant de courir après le mec qui court après le chien.

– On avait dit qu'on voulait un gros chien féroce, pas un chiot tout mignon, je râle en levant les yeux au ciel. Faut que j'aille régler ça. À ce soir. Je vais inviter Wendy et Mick, aussi.

– C'est super. À ce soir, dit Royce avant de tourner les talons.

Je fais un signe de la main à mon frère et Dennis, et je pars en direction des deux idiots qui poursuivent le chiot.

◆◆◆

La musique est presque assourdissante, je regarde Bo peloter la maquilleuse qu'il a invitée à nous rejoindre après dîner. Il aime s'amuser, mais il n'aime pas ramener ses poulettes lorsqu'il est en famille ou avec ses amis proches. Il garde sa vie de play-boy à part. Il n'est jamais venu au *Lucky's* avec une nana. Le jour où ce sera le cas, j'imagine que ce sera une femme dont il est éperdument amoureux.

Royce pose une pinte fraîche devant moi, un whiskey devant Mick et un Gin Tonic pour Wendy. Il boit une gorgée de son whiskey et secoue la tête, dépité.

---

7. En allemand dans le texte.

– Faut admettre qu'il bouge bien, dit-il, mais je meurs d'envie de lui montrer comment on s'y prend vraiment avec une femme.

– Mec, je te défie de le faire. Je te parie vingt dollars que tu ne convaincras pas sa nana de danser avec toi.

Royce pose son verre après avoir bu une énorme gorgée.

– Prends-en de la graine, frangin, dit-il en se levant pour aller sur la piste de danse.

– Cet endroit est génial, Wendy, je dis en lui souriant.

Et c'est vrai. Lorsque nous sommes arrivés, tout le monde était assis pour manger, mais à vingt-deux heures pétantes, la lumière a laissé place aux néons et le DJ a pris son poste pour mixer, et comme il passe des morceaux hip-hop et rock américains, on connaît toutes les chansons.

– Ouais, c'est un des techniciens qui m'en a parlé, dit Wendy en se levant.

– Où tu vas, chérie ? demande Mick en la prenant par la taille.

– Aux toilettes.

Il est sur le point de l'accompagner quand Dennis se lève.

– J'y vais avec toi, dit-il en regardant Mick dans les yeux. Je la surveille, et comme ça, je me dégourdis les jambes.

– Il va falloir que tu acceptes que je ne serai pas tout le temps avec toi, dit Wendy en levant les yeux au ciel.

– Jamais, répond-il simplement.

– Roh, les hommes. Viens, Dennis, allons râler à propos de leur bêtise, dit Wendy.

Mick lui met une fessée alors qu'elle prend Dennis par le bras.

– Mais j'adore les hommes. Surtout quand ils sont en uniforme, répond Dennis en souriant à mon frère. Pourquoi je râlerais ?

– Il faut que tu apprennes à te rendre inaccessible, parfois. Ne t'en fais pas, je vais t'apprendre.

Ils se dirigent vers les toilettes et Paul hausse les sourcils.

– Un sacré caractère, ta fiancée, dit-il à Mick.

– Ça, c'est sûr.

– Tout va bien entre vous, après la confrontation d'aujourd'hui ?

– C'était... dur de voir Monika, mais pas parce qu'elle me manque. C'est plutôt que je lui souhaite le meilleur et que je ne crois pas qu'elle soit heureuse, donc ça m'attriste, explique-t-il en buvant une gorgée.

– Elle a eu l'occasion de l'être avec toi, et elle ne l'a pas saisie. Maintenant, tu es avec un vrai joyau, tu en es sorti gagnant. Elle a choisi sa route et elle s'est trompée, c'est son problème.

Mick boit lentement sans quitter des yeux le couloir qui mène aux toilettes.

– Tu meurs d'envie de la suivre, n'est-ce pas ?

Mick baisse la tête.

– Bon sang, oui, admet-il en scrutant de nouveau le couloir.

– Tu as parlé à quelqu'un de cette peur ? je demande d'une voix prudente.

– Ouais. On voit tous les deux un psy, ensemble et séparément. J'ai failli la perdre, on a perdu le bébé... ça nous a changés. Elle est tout ce que j'ai. Mais préparer le mariage et envisager un autre enfant nous aide. On parle beaucoup de l'avenir, de ce qu'on veut et de comment on veut s'y prendre.

– C'est bien, frangin, je dis en le tapant dans le dos. Votre avenir est plein de belles choses. Et c'est bien d'être triste de parler de ce qui ne va pas. Je fais la même chose avec Skyler. J'en parle aussi, j'essaie de faire passer ma culpabilité...

– Pourquoi tu te sens coupable ? demande Mick en me regardant dans les yeux. Tu n'as rien à voir avec ça. Tu crois que... Attends, mec, tu te sens responsable ?

Une nouvelle vague de culpabilité me saisit et ma gorge se noue. J'essaie de déglutir, je saisis ma bière et la bois trop vite.

– Parker, ni Wendy ni moi n'en voulons à toi ou à l'équipe pour ce qui s'est passé. Cette femme était malade. Elle va payer pour ce qu'elle a fait, mon avocat s'en charge. Wendy est presque guérie et depuis que nous sommes ici... je ne l'avais pas vue aussi heureuse depuis votre dernière visite. Elle s'illumine quand elle est avec vous. Je ne suis pas ravi que trois hommes aient un tel impact sur son bonheur, parce que je suis de nature jalouse. Mais j'ai confiance en elle. J'ai confiance en toi et en Royce. Bo, c'est autre chose. Je n'aime pas sa personnalité et je continuerai à le remettre à sa place quand il dépassera les limites. Mais j'ai compris que si je veux l'amour de Wendy, je dois accepter qu'elle en aime d'autres, aussi.

Je souris jusqu'aux oreilles et je le prends par les épaules.

– C'est vrai qu'on aime ta femme, et chacun de nous mourrait plutôt qu'elle soit blessée de nouveau. Si j'avais pu... j'aurais pris cette balle à sa place.

Mick plonge son regard dans le mien et pose une main sur ma nuque.

– Je le sais et je te remercie. Mais arrête avec cette culpabilité. Concentrons-nous sur le futur et sur ce qu'il y a de beau dans la vie. En revanche, je t'interdis de donner une échappatoire à ma femme pour le mariage. Je lui courrai après toute ma vie, s'il le faut. Rien ne m'empêchera de la faire mienne, tu m'entends ?

J'éclate de rire et il serre ma nuque plus fort.

– Mec, j'ai compris ! Je plaisantais pour t'énerver ! Wendy ne te quitterait jamais.

Mick me lâche et tire sur les manches de sa veste avant d'ajuster sa cravate.

– Peut-être, mais je ne prendrai aucun risque. Elle compte trop pour moi.

Je bois une gorgée et me tourne vers lui.

– Merci, je dis alors que je me sens infiniment reconnaissant envers lui.

Je lui dois beaucoup, plus qu'il ne le sait.

– Pourquoi ?

– D'être venu ici et de nous avoir sauvé la mise. D'avoir affronté ton passé pour aider un ami.

Mick hoche la tête et inspire lentement en regardant le couloir. Ses yeux s'illuminent tout à coup et il sourit quand Wendy et Dennis viennent vers nous.

– Fais en sorte que ma femme soit heureuse quand elle est avec vous, et on sera quittes. Mais n'oublie pas que tu dois quand même organiser mon EVG.

– C'est pas un problème. J'en ai déjà parlé à Bo, Royce et Paul, et ils vont me filer un coup de main.

– Super. J'ai hâte de découvrir ce que vont me concocter les *Trois Stooges.*

– Eh... je gronde. On gère.

Wendy nous rejoint, tout sourires, et elle désigne la piste de danse.

– Vous avez vu ça ? Bo et Royce font une battle ! s'exclame-t-elle en attrapant son téléphone. C'est génial, faut que je filme ça. Je m'en servirai pour leur faire du chantage, plus tard.

Je suis son regard et vois Royce en train de se frotter contre la maquilleuse, qui le pelote de haut en bas. Cela dit, Bo n'y va pas de main morte non plus. Il danse collé à son dos, les mains sur ses hanches, et elle sourit, clairement ravie d'être prise en sandwich entre mes deux collègues.

– Merde, je dois vingt balles à Royce.

CHAPITRE 10

L'écran du projecteur de l'amphithéâtre s'allume, on y voit un homme jeter son petit garçon dans les airs et le rattraper. Sa femme, très belle et vêtue de l'uniforme de l'armée allemande, les rejoint et, pendant qu'ils marchent, sa tenue se transforme en une longue robe légère. Il ouvre la portière de la Watt 4, et ils installent le bébé à l'arrière. Puis l'image change et je découvre mon frère, en uniforme aussi, couvert de boue et de traces d'herbe. Il avance vers l'Amp 2.5 et frotte ses vêtements pour les débarrasser des saletés. Au fur et à mesure qu'il avance, il se retrouve en jean et en T-shirt blanc avec le drapeau américain sur le torse. Il est sur le point de monter dans le pick-up quand il se baisse et attrape un chiot qui lui lèche le visage. Il sourit en regardant la caméra, met le chien dans le véhicule et s'installe au volant. Ensuite, on voit un soldat français qui court dans la rue. Sa tenue se transforme en un pantalon noir, une veste en cuir et un foulard. Il monte sur la Volt 1 et zigzague dans les rues de Paris, passant devant la tour Eiffel et la Seine.

Les images des autres véhicules sont du même ordre, on les voit à la montagne, sur la plage, dans des champs enneigés. Des mots apparaissent à l'écran pour parler de l'impact moindre sur l'environnement. À la fin du film, Bo, Royce et moi apparaissons à l'écran. Sauf qu'on nous voit en train de danser, de chanter dans les bombes de crème à raser, de sourire et d'éclater de rire. La musique devient plus forte, puis une voix off la remplace.

« *Chez OhM Motors, nous vous accompagnons tout au long de votre vie, avec une série de véhicules qui la rendent plus belle, plutôt que de la gâcher. Vous n'avez plus qu'à...* »

On nous voit alors écrire « BRAVER LA ROUTE » sur les miroirs alors que la voix off prononce les mots.

La publicité s'arrête sur les six véhicules de couleurs différentes, garés côte à côte, avec le slogan « À chaque instant de votre vie... bravez la route. OhM Motors. »

L'écran s'éteint, et la cinquantaine d'employés se mettent à applaudir. Les lumières s'allument au-dessus de nous et Mick, Monika et moi avançons sur la scène.

Monika leur dit quelques mots en allemand, puis elle me tend le micro.

– Merci à tous d'avoir regardé ces publicités. J'espère que votre enthousiasme sera planétaire. Nous pensons sincèrement que la campagne « Bravez la route » convaincra les gens du monde entier de la valeur des véhicules OhM Motors. Nous vous avons montré une sélection d'extraits pour que vous ayez une idée de chaque publicité dans son pays respectif. Monika présentera la pub allemande et les plans marketing au conseil d'administration une quinzaine de jours avant le lancement. *International Guy* est ravi d'avoir travaillé sur un projet avant-gardiste comme celui-ci. Maintenant, je vais laisser la parole au P.-D.G. de *MP Advertising*, qui va vous donner de plus amples détails sur le lancement.

Le public applaudit et je tends le micro à Michael.

– *Danke*[8]. Nous sommes ravis du résultat final de la campagne, dont l'idée originale revient intégralement à *International Guy*. Merci, Messieurs.

J'incline la tête.

– La campagne sera lancée dans vingt pays différents et sera traduite en quinze langues. Il y aura un salon pour les professionnels de l'automobile auquel la presse sera invitée. Le site Internet est prêt à être mis en ligne et, encore une fois, il est traduit dans quinze langues et disponible dans le monde entier. Nous avons obtenu des créneaux à la télé pour que Monika présente les véhicules, on vous en donnera la liste. Les journaux du monde entier parleront de vos voitures. C'est une campagne coûteuse, mais je vous promets que ce sera un succès. Merci à tous pour votre contribution cette semaine. Nous avons accompli beaucoup de choses, et rien n'aurait été possible sans votre talent et votre travail. Maintenant, c'est à vous de « braver la route ». Bonne chance.

Le public se lève pour applaudir et Mick tend le micro à Monika. Il lui serre la main, il serre la mienne, puis celle des experts qui sont venus avec lui, celle de Bo, de Royce et d'autres employés qui sont venus devant la scène.

Monika vient derrière lui et le tapote dans le dos. Je balaie la salle du regard et vois que Wendy parle à un autre membre de l'équipe de Mick.

– Michael, est-ce que je peux te parler en privé ? demande-t-elle en se tenant plus droite, comme si elle était prête à se battre.

---

8. En allemand dans le texte.

– Non, tu ne peux pas. Mon travail est terminé et...

– Michael, tu ne peux pas partir sans qu'on ait parlé du passé. Il y avait trop d'amour entre nous, et je sais que si j'avais l'occasion de te rendre de nouveau heureux...

Je ne sais pas si je préfère siffler pour faire venir Wendy ou couper court à leur conversation moi-même.

Finalement, je n'ai rien à faire, parce qu'il fait deux pas en arrière quand elle tend la main vers lui et il me rentre dedans. Je me tiens droit à ses côtés pour lui signifier mon soutien.

– Monika, c'est la dernière fois que tu me vois. Je suis venu ici pour Parker qui est l'employeur et le meilleur ami de Wendy. Je ne suis pas ici pour toi. Je ne pense jamais à toi.

– Mais notre passé est tellement riche...

– Et c'est tout ce que c'est : du passé. J'apprécierais que tu cesses de nous ridiculiser, toi et moi, en t'accrochant à quelque chose qui est fini depuis longtemps.

– Tu m'as aimée, pourtant...

– Mais bon sang, je ne savais pas ce qu'était l'amour à l'époque ! gronde-t-il. Je sais ce que c'est, aujourd'hui, grâce à la déesse qui porte mon collier et ma bague. Je m'incline devant elle tous les soirs pendant qu'elle s'agenouille devant moi. Soumise. Offerte. Aimante. Elle me donne tout ce que je veux et ce dont j'ai besoin et elle attend la même chose de moi. Et je le lui donne avec plaisir. Toi et moi n'avons jamais connu ça. Tu ne t'es jamais donnée à moi entièrement. Tu n'as jamais cru que je ferais tout pour te rendre heureuse.

– Michael, je t'aime toujours...

Il se crispe et esquisse une grimace en ricanant.

– Tu ne sais pas ce que sont l'amour et la confiance. C'est terminé, toi et moi. Lâche l'affaire. Lâche-moi.

– Je ne sais pas comment faire, dit-elle.

Elle essaie de l'attraper par le col et je me place devant lui pour la faire reculer lentement.

– Ça suffit. Maintenant, chacun poursuit son chemin. Votre campagne est finie. C'est ce que vous vouliez.

– Retourne auprès de ton mari, Monika, dit sèchement Michael. Engage-toi vraiment auprès de quelqu'un qui t'aime, parce que ce n'est pas moi et ça ne le sera jamais.

C'est le moment que choisit Wendy pour arriver d'un pas léger, souriant jusqu'aux oreilles, les joues roses.

– C'était génial ! s'exclame-t-elle en prenant Mick dans ses bras, ignorant ce qui vient de se passer.

Il la serre contre lui, la soulève, ferme les yeux et enfouit son visage dans son cou pour embrasser plusieurs fois son collier.

– Tu es prête à rentrer, mon amour ? Tu vois Skyler samedi, et les mères des mecs pour aller au spa.

– Carrément ! Et j'ai droit à du champagne !

Il la repose et pose ses mains sur son ventre.

– Et si tu es déjà enceinte ?

– Je ne le saurai pas avant une quinzaine de jours. Ce n'est pas parce qu'on essaie que ça marche. Et tant que le bâtonnet ne sera pas rose, j'ai le droit de boire, Mick. Tu me l'as promis !

Il éclate de rire et la regarde dans les yeux. Je tourne la tête vers Monika, dont la lèvre tremble. Soudain, son visage se transforme et elle semble vaincue. Elle renifle, se redresse, puis elle se tourne vers moi avec un air parfaitement professionnel.

– Parker, j'aimerais vous remercier d'être venu, d'avoir fait venir *MP Advertising* et d'avoir fait une campagne remarquable. Je serai fière de la présenter à nos partenaires du monde entier dans les prochaines semaines, dit-elle en me tendant la main.

– Je suis content que ça se soit bien passé... je dis en la serrant.

Je regarde Wendy et Mick qui continuent de se parler à voix basse.

– ... pour tout le monde. Je crois qu'avec le temps, vous le comprendrez aussi.

– Peut-être. Pour l'instant, je suis triste de ce que j'ai perdu, mais je vais tâcher d'apprendre de mes erreurs.

– Nous en passons tous par là, je réponds en lui souriant. Prenez soin de vous et dites-nous si vous avez besoin d'aide pour le lancement. Nous sommes disponibles par téléphone, par mail ou par vidéoconférence.

– Faites bon voyage, Monsieur Ellis.

◆ ◆ ◆

Lorsque nous entrons tous les trois au *Lucky's*, le bar est plein à craquer. Au cœur de la salle, une grande table où sont assis Paul, Dennis, ma mère, mon père, Rachel et Nate. Sky devait y être aussi, mais elle s'est levée pour courir vers moi. Elle se jette dans mes bras et je l'attrape en empoignant ses fesses. Elle entoure ma taille avec ses jambes et sa bouche s'empare de la mienne. Elle m'embrasse une fois, deux fois, puis elle recule et me regarde en souriant, les joues rouges, les cheveux décoiffés.

– Tu m'as tellement manqué ! J'ai des tonnes de trucs à te dire, s'exclame-t-elle en recouvrant mon visage de baisers.

J'éclate de rire et elle desserre ses jambes pour reposer les pieds par terre.

– Salut, ma pêche.

Je l'embrasse tendrement et laisse son parfum divin m'envelopper. Je plonge mon nez dans son cou et savoure le sentiment de paix qui l'accompagne toujours. Elle me tient une minute dans ses bras, le temps que je réalise que je suis de nouveau aux côtés de la femme que j'aime. Des courants électriques me parcourent, comme si je me rechargeais en sa présence. Mon Dieu, je n'avais jamais imaginé ressentir ça avec une femme.

Je plonge ma main dans ses cheveux soyeux et je caresse sa joue avec mon pouce.

– Est-ce que je peux dire bonjour à mes parents ou tu dois tout me dire tout de suite ? je demande en souriant.

Elle penche la tête à droite et à gauche, tiraillée.

– Je suppose que oui, mais dépêche-toi, ça les concerne aussi.

Je la prends par les épaules et avance vers la table, lui reculant une chaise avant d'aller voir mon père.

– Je suis content que tu sois rentré, fiston, dit-il en me frappant dans le dos.

– Moi aussi.

J'avance ensuite vers ma mère, qui me serre fort contre elle.

– Mes deux garçons sont au même endroit, au même moment. Je suis au paradis.

Je l'embrasse sur la joue et la laisse me tenir quelques secondes, jusqu'à ce qu'elle s'adresse à mon père.

– Randy, va chercher à boire à ces garçons. Ils ont l'air assoiffés.

– Du calme, je les connais par cœur, râle-t-il en allant vers le bar. Tu pourrais aider...

– Aider ! rétorque-t-elle d'une voix moqueuse. Je leur ai donné le jour. Ça suffit pour toute une vie, non ? s'exclame-t-elle en le rejoignant néanmoins.

J'éclate de rire et serre la main de mon frère avant de faire un signe de tête à Dennis, qui est assis sagement à côté de lui.

– Les présentations se sont bien passées ? je demande en désignant mes parents.

– Nickel, frangin, répond Paul en prenant Dennis par les épaules. Tout va bien dans la maison Ellis. Maman est juste contente que je sois de retour et en bonne santé. Et puis, elle trouve Dennis « super-mignon ». Je crois qu'ils ont été surpris, mais ils encaissent plutôt bien la nouvelle, je leur en suis reconnaissant.

– Je suis ravi de l'entendre. Ça ira de mieux en mieux, avec le temps.

– Exactement, dit Paul en buvant une gorgée. De toute façon, les choses ne sont pas près de changer, ajoute-t-il en serrant Dennis contre lui.

Son mec sourit alors que Nate se racle la gorge derrière moi. Je me tourne et lui serre la main avant d'embrasser Rachel sur la joue.

– Je suis content de vous voir aussi. Mes ombres m'ont manqué !

Rachel sourit et me frappe le bras.

– Aïe ! Tu t'es mise à la muscu, ou quoi ?

– Tu crois que je n'en faisais pas avant ?

– Pas faux, je réponds avant de m'asseoir à côté de Skyler. Salut, bébé. Alors, qu'est-ce que tu voulais me dire ?

– Tout d'abord, ils vont tourner le premier film de la trilogie ici, à Boston. C'est pas génial ?

– Si ! Ça veut dire que tu t'absenteras moins souvent, et ça, c'est super, je réponds en l'embrassant dans le cou.

Son parfum m'a trop manqué, je soupire contre sa peau pour m'en imprégner. Elle caresse ma tête et je ferme les yeux, fredonnant de plaisir.

– Chéri, tu es fatigué.

– Ouais, je n'ai pas beaucoup dormi dans l'avion. J'ai travaillé pour avoir un peu plus de temps libre avec toi. Royce dit qu'on a besoin d'un avocat et il en a cherché un sans succès. Mick en connaît un qui va revenir vivre à Boston. Ce serait bien de l'avoir avant de commencer la mission suivante, la semaine prochaine.

– Qu'est-ce que vous allez faire, cette fois ?

– On part à Washington pour aider une entreprise pharmaceutique. Apparemment ils veulent faire changer la loi, mais pour qu'on réussisse, il nous faut un avocat pour nous protéger et plaider la cause de notre client au Sénat.

– Ça a l'air compliqué.

– Ça l'est.

– Eh bien, pour l'instant, tu as juste à manger, à boire et à profiter de ta famille. Et plus tard, je m'occuperai de toi, chuchote-t-elle.

– Je t'ai dit que je t'aimais, récemment ?

– Pas dans les dernières vingt-quatre heures, non.

– Je t'aime, bébé.

– Je t'aime aussi, répond-elle en souriant.

– Oh, je t'aime, non, je t'aime encore plus, bisous, bisous, mouak... se moque Bo. Vous êtes répugnants.

– T'es juste jaloux parce que tu n'as pas de femme qui t'attend à ton retour.

– Mais si, justement. D'ailleurs, j'en ai deux qui m'attendent chez elles. Des jumelles.

Tout le monde grimace et Royce et moi lui jetons nos serviettes au visage.

– T'es dégoûtant, garde tes histoires pour toi, mec.

– Quoi ? Qu'est-ce que j'ai dit ?

Il lève les mains en souriant d'un air diabolique, ravi d'avoir obtenu les réactions qu'il cherchait.

Mon père et ma mère reviennent avec des plateaux de bières et de whiskeys, mais ils posent des verres d'eau devant Nate et Rachel et tendent un verre de vin blanc à Skyler.

– Bogart, fiston, tu ne devrais jamais prendre le risque de sortir avec des sœurs. Ça ne t'attirera que des ennuis, prévient mon père.

– Et tu ne trouveras jamais la bonne si tu passes ton temps à courir les jupons, acquiesce ma mère.

Il sourit de plus belle.

– Qui a dit que je cherchais la bonne ?

Paul passe son bras autour des épaules de Dennis et le serre contre lui.

– Bogart, rouspète ma mère, tous les hommes ont besoin de quelqu'un de spécial, explique-t-elle en regardant Paul et Dennis. Quelqu'un qui les soutient. Personne ne devrait être seul. Les humains ne sont pas faits pour vivre en solitaire. Je souhaite sincèrement que tu trouves la bonne personne.

Royce et moi la regardons faire la leçon à notre copain, qui joue le jeu.

– Mais comment je saurai quand ce sera la bonne ?

Mince, il ne se rend pas compte de ce qu'il fait. Une fois que ma mère a mis un pied dans la vie privée de quelqu'un, elle n'en sort plus jamais.

– La bonne doit te faire frissonner de joie et brûler d'envie de la retrouver. Tu ne dois pas pouvoir t'empêcher de penser à elle. Tu ne dois rêver que d'elle et imaginer un avenir dans lequel tu vois ses yeux dans les regards de tes enfants.

– Et si je ne veux pas d'enfants ? demande-t-il le plus sérieusement du monde.

– Merde... je gronde.

– Bon sang, il va trop loin, rouspète Royce.

Ma mère frémit et grimace. L'idée qu'un de ses garçons, même adoptif, ne veuille pas d'enfants est incompréhensible pour elle. Son besoin de materner ne peut pas supporter un tel affront.

– Mon Dieu, Bogart, fais attention à ce que tu dis ou le Seigneur te rendra stérile, gronde-t-elle.

– Ça serait super... sans risque de grossesse... s'amuse-t-il à la provoquer.

Ma mère joint ses mains et lève la tête vers le plafond.

– Il ne sait pas ce qu'il dit, mon Dieu !

Je ne peux me retenir d'éclater de rire. Le décalage horaire me rattrape, ainsi que la pinte de bière que je viens de vider sans m'en rendre compte.

– Il est très fatigué, dit Skyler à ma mère en couvrant ma bouche.

– Tout ce que je dis, Madame Ellis, c'est que je ne crois pas vouloir d'enfants et qu'il y a très peu de chances que je me case un jour. Je refuse de tomber amoureux. Ça ne m'est jamais arrivé et ça n'arrivera jamais, répond Bo en buvant une grande gorgée de bière. Je suis heureux et les femmes savent à quoi s'en tenir. Tout le monde est gagnant.

– Écoute bien ce que je te dis, Bogart Montgomery, mon fils de cœur, gronde ma mère en secouant la tête. Un jour, une femme va chambouler ta vie, et tu ne comprendras pas ce qui t'arrive.

– Eh bien ce jour-là, tu seras la première à qui je demanderai conseil, répond-il en souriant.

Ma mère semble satisfaite de sa réponse.

– Et je serai là pour toi. Prête à te ficher une raclée jusqu'à ce que tu comprennes. Maintenant, qui veut des pâtes ? Le chef a fait une super-bolognaise avec des rigatonis, du parmesan, du pain à l'ail et une belle salade verte.

Je secoue la tête alors que mon ventre gargouille.

– Il n'y a que ma mère pour remettre un homme à sa place et lui proposer de manger dans la même phrase. J'adore ma famille ! je m'exclame en levant mon verre. À une famille géniale !

Tout le monde trinque et je recule sur ma chaise, ma nana contre moi, le ventre plein de bière, entouré par les gens que j'aime. Ma vie ne pourrait pas être plus belle.

Mon téléphone qui vibre me tire de mes pensées. Toutefois, lorsque je vais pour le prendre, je réalise que le mien est dans la poche de ma veste, c'était celui de Skyler.

Elle glousse en le sortant de son jean et là, je vois la photo qu'elle a mise en fond d'écran. Nous sommes à Londres, assis sur le banc de la vieille église en ruine. Skyler est superbe, illuminée par un rayon de soleil qui traverse les arbres. Moi, j'ai l'air de l'homme le plus heureux de la terre. Sans doute parce que... je le suis.

Un sentiment de fierté m'envahit et j'écoute les brouhahas du bar de mon père, ravi d'être de retour chez moi, avec ma famille et la femme que j'aime. La mission est finie, la cliente est heureuse, que demander de plus ?

– C'est juste un message, marmonne Skyler en déverrouillant son téléphone.

Je tourne la tête pour ne pas le voir, mais je la sens se crisper contre moi. Lorsque je la regarde de nouveau, je découvre qu'elle est pâle comme un linge.

– Qu'est-ce qui se passe ?

SKYLER

Mon sang se glace quand je lis l'étrange message.

– Park... je chuchote alors que mes mains se mettent à trembler. Ça vient de... de la même... p... personne. C'est ob... obligé, non... ? je bégaie en lui montrant le message.

À : Skyler Paige
De : Inconnu

Contente que tu sois rentrée. J'ai hâte de te voir. Bientôt.

Je vois la mâchoire de Parker se contracter, et il saisit violemment mon téléphone pour relire le message. Ma peur se transforme en panique et mon cœur se met à battre la chamade, je frissonne et suis parcourue de sueurs froides. Je regarde les gens assis dans le bar, étudiant leurs visages, leur langage corporel, cherchant quelqu'un qui est au téléphone, essayant de comprendre qui est cette personne.

Est-ce qu'elle me regarde en ce moment ?

Est-ce qu'elle est ici, écoutant, apprenant tout ce qu'il y a à savoir sur moi ?

Parker me serre plus fort contre lui, solide, fort, impénétrable.

– Il ne t'arrivera rien, chuchote-t-il contre ma tempe. Je te le jure sur ma vie, Skyler. Je ne sais pas comment cette personne a eu ton nouveau numéro, mais on le saura bientôt. Rachel et Nate sont là. Les gars sont là. Mes parents aussi. Mon frère tuerait en moins d'une seconde la première personne menaçante qui approcherait. Il est entraîné pour ça. Je suis sûr qu'il a déjà scruté tous les clients du bar, c'est un réflexe. D'accord ? On est dans un restaurant public. Tu es en sécurité, tu m'entends ?

Je hoche la tête, mais il n'a pas fini.

– Je ne laisserai jamais rien t'arriver. On trouvera le responsable. Je te le promets, bébé. Je vais en parler à Nate, d'accord ?

Je lève la tête et regarde Parker qui fait un signe de tête à mon garde du corps. Nate se lève et vient s'asseoir à côté de nous.

– Ça va, Sky ? chuchote-t-il.

Je fais non de la tête, parce que ça ne va pas. Je suis morte de trouille. Parker lui tend mon téléphone et Nate lit le message. Son visage devient dur et impassible, et à voir son langage corporel, je devine qu'il fait tout son possible pour contrôler sa colère, comme Parker. Pour moi, pour me protéger.

– Il faut que j'appelle Wendy. Elle est d'accord pour me voir demain, mais je crois qu'on devrait la voir ensemble.

Parker hoche la tête.

– Je veux venir, je dis.

Les deux hommes ne sont clairement pas contents, mais je fixe celui que j'espère avoir à mes côtés toute ma vie.

– Skyler, je ne pense pas que ce soit une bonne idée... commence Parker avant que je lui coupe la parole.

– Ça me concerne. Je veux savoir ce qui se passe. C'est le seul moyen pour que je me sente en sécurité. Nate, je suis désolée de faire ça, mais je te rappelle que tu travailles pour moi.

– Inutile de me le rappeler, répond-il en se frottant le visage. Je suis à tes ordres.

– Skyler... gronde Parker. Tu n'as pas à t'inquiéter, on gère.

– Ah bon ? je rétorque en grimaçant. Je viens de recevoir un autre message, sur un tout nouveau numéro, et on n'a pas avancé depuis que vous avez pris mon ancien téléphone à Londres, et c'était il y a quoi ? Un mois ?

Parker ferme les yeux et se masse les tempes.

– Très bien. On te dira ce qu'on sait quand on sera rentrés à la maison. On demande l'aide de Wendy parce que cette personne a accès à tes informations personnelles. Nate, est-ce que Tracey a envoyé les courriers des fans ?

– Ouais, je te montrerai ceux qui nous semblent suspects, à Rachel et moi. Enfin, je vous les montrerai.

– Merci de m'inclure et de gérer la situation. Je t'apprécie, Nate, sache-le. Rachel et toi faites partie de ma vie, à présent. Vous êtes comme ma famille. Il faut qu'on règle ce problème ensemble. En équipe.

Je le vois contracter sa mâchoire et grincer des dents.

– Ta sécurité est notre priorité. C'est pour ça, maintenant que je vois ce message, que je pense qu'on doit en parler à la police.

– La police ? je répète, trop fort, de sorte que toute la table se tait et regarde vers nous.

– Tu as parlé de la police, ma puce ? s'étonne Cathy.

Merde, la dernière chose que je souhaite, c'est mêler la famille de Parker à cette histoire, surtout ses parents.

– Oh, rien, rien. Je parlais du travail. On parlait des scènes du film qui vont être filmées au *Lucky's* !

Nate recule dans sa chaise et croise les bras.

– Oh, oui ! Notre Skyler nous a dégoté un deal avec une société de cinéma, dit Cathy au reste de la table. Dans les prochains mois, ils vont envoyer une équipe de tournage pour filmer certaines scènes dans le bar.

Elle me regarde en souriant, on ne peut plus fière. Je ne saurais exprimer combien son regard m'apaise. Elle me fait tant penser à ma mère. Ma mère chouchouterait tous les membres de ce groupe et les traiterait comme ses propres enfants. Et elle aurait adoré Parker. Non seulement il est affectueux, beau et gentil mais son amour pour moi est sans limites, je le vois dans chacun de ses regards, dans chaque geste et dans chaque sourire.

Cathy continue de raconter la nouvelle, et je me force à quitter mon mec des yeux pour écouter ce qu'elle dit.

– Et le meilleur, dans tout ça, c'est que chaque fois qu'on verra le personnage dans son bar, ce sera tourné au *Lucky's*, donc on profitera de ce deal pendant encore deux ou trois ans ! s'exclame-t-elle en agitant son torchon au-dessus de sa tête.

Toute la table applaudit et siffle, folle de joie, toute la table, sauf Nate, Parker et moi.

– Je ne veux plus parler de ça, je leur dis. On est ici pour manger et profiter de nos amis et de notre famille. C'est tout ce qui compte. Notre problème n'aura pas disparu demain matin. On en parlera en détail et on mettra sur pied un plan d'action. Ensemble. Fini d'en parler dans mon dos.

Parker me serre dans ses bras, je me blottis contre lui parce que je m'y sens en sécurité, je m'y sens chez moi.

Nate se lève et commence à s'éloigner.

– Je vais faire le tour du périmètre, chuchote-il avant de faire un signe de tête à Rachel pour lui dire qu'elle est seule pour me protéger.

Parker se baisse pour m'embrasser sur la tempe, puis il mordille mon oreille. Des picotements de plaisir parcourent mon corps, embrasant mon sang qui s'était glacé après que j'ai lu le message.

– Tu sais, les amis, la famille et la nourriture ne sont pas tout ce qui compte, dit-il. Il y a aussi le sexe. Tu ne dormiras pas ce soir sans une sacrée partie de jambes en l'air.

– Peut-être que je n'avais pas prévu de sexe ce soir, je réponds en approchant ma bouche de la sienne.

Il hausse les sourcils, surpris.

– Peut-être que j'avais prévu de faire l'amour.

– Oh, mais je te ferai l'amour, ne t'en fais pas. Après t'avoir fait grimper aux rideaux. Ça te va, comme programme ?

Je l'imagine me prendre contre la tête de lit, par terre, penchée sur le canapé... les options sont infinies. Un gémissement m'échappe et il m'embrasse, plongeant sa langue dans ma bouche. Ce baiser n'est pas comme ceux de tout à l'heure, quand nous nous sommes retrouvés. Il est profond, langoureux et plein de promesses.

– Je prends ça comme un oui, dit-il en souriant.

– Je t'attends, je dis en me levant brusquement. Je suis très fatiguée. Paul, Dennis, je suis ravie de vous avoir rencontrés. J'espère que vous viendrez bientôt dîner à la maison. Royce, Bo, à demain. Cathy, Randy, merci de m'avoir invitée ! Rachel ?

Elle se lève et vient à mes côtés, sortant aussitôt son téléphone, sans doute pour dire à Nate d'avancer avec la voiture.

Je me tourne vers Parker, qui est s'est levé aussi, mais qui est sans voix face à mon besoin soudain de partir. Je pose ma main sur sa joue et m'empare de sa bouche.

– Dépêche-toi de rentrer, chéri, je dis d'un ton lourd de sous-entendus.

– Je te suis au pas de course. Tu peux compter sur moi, gronde-t-il alors que son regard s'embrase.

– N'oublie pas, je t'attends, je réponds en lui lançant un clin d'œil.

THE END… POUR LE MOMENT

INTERNATIONAL GUY

UN HOMME AU SERVICE DES FEMMES

SI VOUS VOULEZ EN SAVOIR PLUS SUR LES MECS D'INTERNATIONAL GUY – PARKER, BO ET ROYCE – procurez-vous le tome 9, *International Guy Washington.*

Dans le neuvième tome, le P.-D.G. d'une firme pharmaceutique engage *International Guy* pour convaincre les sénatrices de voter pour la prochaine loi de santé. Parker fait venir le *Money Maker* en plus d'une nouvelle recrue, sans avoir demandé l'avis de ses associés. Ce qu'il ne sait pas, c'est qu'il fait surgir une personne du passé de Royce que ce dernier ne voulait plus jamais revoir.
La tension est à son comble entre les trois frères de cœur, et Parker se lance dans des aventures où il a déjà échoué auparavant, surtout en matière de cœur.